李安娜——著

鷺江傳奇

民初歷史小說

自序

在神州的東南方有一座海上花園，百花爭妍、鳥語花香、琴音迴盪，那裡是我的故鄉。彈丸小島地處天涯海角，除了鄭成功，甚少聞說出過赫赫有名的政治人物，或者思想家、軍事家、科學家。可是只要追溯歷史，這片土地不僅孕育聞名世界的教育家、藝術家、文學家，也有過跨國富豪和聖徒戰士，在中華民族危難之際，主的博愛精神賜祂的子民智慧和信念，大愛引導他們不屈不撓地為家國獻身。

看到屏幕上套路的抗日神劇，腦中浮現家鄉近代史上的風雲聚會。時為公共租界的鼓浪嶼，麻雀雖小五臟俱全，大時代湧現無數英雄人物。為什麼地方政府培養出的作家們不感興趣？體制下的文人們趕著做鞋（作協），評職稱當教授去了吧！儘管有些老人寫回憶錄，惜零若散沙，不少人依然停留在舊思維裡，不敢正視歷史。難道風起雲湧搏擊翱翔時代中，所有可歌可泣的感人故事隨之掩沒，讓雲霄上的英魂遺憾？

祖上幾代人居惠安崇武，父輩始到泉州、廈門討生活。筆者四十年代末出生於後路頭文淵井，在中國第一座華人教堂——新街禮拜堂上幼稚園、主日學，升讀小走馬路主光小學。五十年代因文人父親蒙寃顛沛流離；六十年代從鼓浪嶼被驅趕至廈門港；而後上山下鄉流浪異地。然而我熱愛我的家鄉，訴說別人的故事，流的是自己的淚，只期望子孫後代記住這片土地上的奇人異事。人生不過爾爾，惟有賦予生命些微意義，藉以完成重拾文字的初心。

目次

第二部

第一部

第一章 百年回望

一

想聽故事就不要嫌老人嘮碎。做為一個廈門人，穴居高樓大廈之中，不了解自己居住城市的近代史，能不覺得遺憾嗎？請讀者還是定下心，細聽筆者娓娓道來。誰都明白，現代人難得有耐性，不能不嘆一聲：從前好，從前慢。

假如老輩在世，他們都過百歲了。小時候總聽老人說，老廈門都是移民，咱們祖居泉州。祖輩從南洋回唐山時，廈門在行政上剛改稱呼不久。古時的廈門島僅是泉州府同安縣十一個里其中的一里，名曰「嘉禾里」，民國二年嘉禾里改稱思明縣，縣署設在廈門港巡司頂一帶。思明縣的建制一直沿用至民國廿四年（一九三五）廈門改市為止。始建於明洪武二十七年（一三九四）的廈門城，周長只有一千三百六十米，城高六米，基底三米，倒按規矩開了四道城門：東曰啟明門、西謂懷音門、南叫洽德門、北稱瀇樞門。清康熙二十二年（一六八三）施瑯擴建後周圍亦不過六百丈，城中設有福建水師提督署。

孤島地狹人稠房地少，鎮南關、麒麟山、虎頭山一帶乃亂葬崗，市區街道無論晴雨四季潮濕，往來行人足踩泥濘漿水四濺。窮則變，變則通，人多穿木屐。島上雖有溪流潭沼謂「七池八河十三溪」，卻因溝渠潭窟淤積堵塞，水塘反成傾倒垃圾場所。甕菜河位處市中心，四周居民稠密汙穢尤甚，河床齊岸垃圾成山臭氣薰蒸，過往路人莫不掩鼻疾走。西北兩面沿海漁民棲身棚屋，竹木油紙臨時搭蓋的草寮，晴天尚可擋風遮雨，颱風季節屋頂被風颳走，外面下大雨裡面下小雨。況且衛生條件極差，每到夏季瘟疫流行，鼠疫、白喉、痢疾肆虐，而「死貓吊樹頭，死狗放水流」劣習隨處可見。彼時鷺島被老外喻為不適合人居住之地，抵廈的外國水兵船員都被限制不準入城，以防染上疾病。

城區僅在廈門島西南隅，東自百家村、西臨鷺江濱，北起浮嶼、南止廈門港。早些年城區中有鎮南關、麒麟山、虎頭山，連綿自東迤西橫貫海濱，將全市截為「廈門頂」和「廈門港」兩段。陸路交通須經過鎮南關大道，鎮南關建在鴻山半腰缺口處，形勢險要，一地古墓新墳縱橫重疊，觸目皆是。於是水路交通成為老百姓往來兩區域最佳路徑，促進了廈門的海運事業。

由於陸路交通不便，人們選擇以水路為主，「提督路頭」、「島美路頭」、「水仙宮路頭」等十來個簡易碼頭遍佈廈門島海岸線，船隻來往頻密。從水仙宮渡頭搭乘小舟沿海岸線南下至廈門港甚為方便。若欲與郊區禾山交往，由水路從新填埭、舊路頭一帶，乘小帆船沿篔簹港而上可達江頭鎮。魯迅先生曾由太古碼頭乘小舢舨前往廈大，他在日記中寫道：「廈門大學，又是一個離市區極遠的地方。」

民國初年廈門尚未開展城市建設，市區內並沒有馬路，只有清朝留下來的大小街巷二百多條，最寬的街道不過三米。據《同安縣誌》載，乾隆三十二年（一七六七）廈門有古街道二十五條。近城的稱為內街，乃橋亭街、新街仔、塔仔街、局口街、菜媽街五條；近海的叫外街，有石埕街、提督街、碗街、紙街、竹仔街、磁街、外關帝後街、神前街、中街、亭仔下街、木屐街、港仔口街、島美路頭街、轎巷街、五崎頂街、走馬路街共十六條；內、外街中間，尚有火燒街和關仔內街二條；廈門港有橋仔頭市和市仔街二條。至光緒三十四年（一九〇八），大街小巷發展至二百多條。革命成功後，陳舊落後的市政設施已不能適應廈門商埠日益發展的需要，本土賢達及愛國華僑致力家鄉建設，終於給廈門島帶來新面貌。

民國九年（一九二〇），地方人士向政府請准發行公債，政府同意徵收兩個月舖捐，集資規劃、測量、招工、興建開元路，兩旁仿南洋建騎樓式人行道，路人既可遮陽又能避雨。民國十三年八月一日廈門第一條近代化馬路竣工，該馬路從提督街到浮嶼全長七百米，寬九點一米，人行道二點四米。七年後漳廈海軍警備司令林國賡與周醒南著手整頓市政機構，落實市區五大幹線「四橫一縱」規劃。四橫分別是：廈禾西段、大同路、思明西路、中山路；一縱乃長長的思明南路。五年內全面建築市政道路，初步奠定了老市區的交通路線格局。本來討海人不能隨意走羊腸小徑穿越鴻山至「廈門頂」，時時遙望繁華鬧市嘆息，開山辟思明南路使得廈門港與廈門頂連為一體。

二

往前追溯。甲午戰爭清軍戰敗，清廷向日本求和，永久割讓台灣島、澎湖群島、台澎附屬各島嶼，以及北緯41度線以南的遼東半島。一八九五年後，除了林爾嘉、林祖密父子等拒絕加入日籍、拋家棄業回廈門的台籍氣節人士，不少「日籍台灣人」陸續抵廈居住，人數呈逐年遞增之勢。從清光緒三十年（一九〇四）的一百多人，民國四年（一九一五）五百多人，民國十一年（一九二二）五千多人，民國二十年（一九三一）九千五百多人，到民國二十四年（一九三五）達到頂峰的一萬五千七百人。除少數富商資本雄厚，多數普通人只是想來廈門賺錢或謀生計，當然也有不甘忍受日本人欺壓的台灣志士。然而更多的是地痞、流氓、毒販、賭棍，包括在台灣混不下去的「廿八宿」、甘心充當日本走狗的「武德會」成員，這些人橫行霸道走私販毒發不義之財，加上廈門本土的「歸化籍民」和「新編入台籍者」，將廈門攪得天翻地覆。

「廿八宿[1]」在廈門做些什麼呢？他們在關仔內、橋亭街等處，以開小典當鋪為主，多至二百餘家，低價典當高利剝削，兼收購賊貨贓物。浪人中有受過日本特務訓練，當過日偽報社社長；有文化界敗類；有奸商、土匪、流氓等，竊取情報；有憑藉日本商船通行無阻的特權，行走基隆、廈

[1] 二十八個老浪人。

門、汕頭、香港等地，走私布匹、人造絲、味精、鮑魚、沙丁魚、藥品、日雜用品等，換取黃金、白銀、外幣、珠寶、古董出口。浪人王慶雲還為同安、南安、安溪、晉江和漳州一帶的鴉片走私販子作保鏢，武裝護航，連日本軍艇也參與。

以其中堅分子康守仁、柯闊嘴等人為例。康守仁在關仔內和橋亭街開鴉片行，公開販賣鴉片。這個販毒流氓發達後造了一頂綠呢官轎，豢養數匹高頭大馬，出行時模仿舊時官府，非馬則轎前呼後擁，只差未舉「肅靜」、「迴避」牌子，盡顯土豪本色。柯闊嘴在水仙宮、夕陽寮設大賭場和鴉片館，外出時身上佩帶兩把槍，跟在身後的嘍囉逾二十人。柯與內地土匪勾結，收購鴉片販賣軍火，以軍火供應山區土匪換取金銀和鴉片。長泰土匪葉文龍在岩溪、林墩一帶，同安土匪葉定國在蓮花一帶均大量種植罌粟，生產鴉片獲取暴利。

「武德會」由日方主要官員出任負責人，可謂日本人之鷹犬，他們在駐廈日本領事館的撐腰下，氣焰十分囂張。陳戇明在溪岸橋仔頭設大賭場和鴉片館；鄭有義在後岸至局口街開兩家鴉片館，並設賭場、放高利貸；李龍溪在蕹菜河設賭場；林清埕在柴橋內、山仔頂經營特種娼寮。

橫行廈門的日籍台灣流氓，前期以「廿八宿」和「武德會」成員為代表，後期則以「十八大哥」為典型。坐十八大哥第一把交椅的是台北人林滾，廈門人蔑稱他為「賊仔滾」，其人確系小偷出身，在台灣混不下去跑到廈門來。一個無賴賭徒憑什麼發跡？高人指點他與本土警界勾結，經營福星旅館，表面正當事業底裡卻開賭場、賣鴉片、販槍械，一躍而成為台灣紳士。

福星旅館位於晨光路11號，是一處吃喝嫖賭、無惡不作的所在。旅館旁邊有一片「夕陽寮」，是上等北妓「堂子班」匯聚之處，故晨光路一帶被稱為「寮仔後」。福星旅館表面上接送旅客，似在經營檔次較高的旅館，實際上卻是著名的大賭場，主要經營「十二支仔」賭博。當年幾乎整個城市陷入博彩的網羅中，賭徒們廢寢忘餐沉湎其中，學生荒廢學業、工人不事生產，一心記掛著「寮仔後福星館林仔滾今天開啥字」，博彩成為市民生活中最關心的焦點。

賭博之外，福星旅館兼放高利貸，因為糾紛林滾槍殺了「文通號」老闆的兒子，事後竟不了了之，喪子之父既不敢告官，官府對這樁命案竟也置之不問。林滾氣焰最高時，手下黨羽達一百多人。幫他管理「蝴蝶舞廳」的鄭明德、替他販賣鴉片的張維源亦名列「十八大哥」之中。廈門尚未淪陷日寇還未攻入市區，福星旅館的屋頂上早早升起膏藥旗，想要渙散國軍士氣為日寇作內應。

後來也成為「十八大哥」之一的陳糞掃，曾在麥仔埕設「聚義堂」，會眾逾三十人均係日籍台灣流氓。他們在光天化日之下公然搶劫銀樓錢莊、富家巨宅，甚至連街上婦女的首飾也不放過，令社會治安大亂，民不聊生。

早在民國十一年（一九二二）十一月皖系將領臧致平在廈門發動兵變，驅逐直系軍閥李厚基，自任閩軍總司令控制廈門。面對受日本領事館及台灣公會撐腰的日籍台灣流氓，地方政府員警為爭奪鴉片、賭場、妓院的稅收，使用了一高招，設立「閩軍司令部稽查隊」，廣收廈門角頭好漢作為便衣隊員與浪人抗衡。便衣隊朝潛暮出，見有台灣浪人即與肉搏格鬥，甚或出擊搗亂其賭場、鴉片館，台灣浪人昔日施於廈門人者，便衣隊以其人之道反治其人之身，街頭巷尾彼此遭遇即公開對壘，暗中則或殺、或活埋、或鬥毆。

「十八大哥」成立「自衛團」，本土人以牙還牙組織「保衛團」，聯合碼頭三大姓（紀、吳、陳）及角頭好漢，雙方均購買槍械，甚至當街拔槍對峙，社會矛盾進一步激化。九月十八日台灣浪人林汝才為非作歹殺害吳姓婦女，引起吳姓族人與台灣浪人集體械鬥，相持數月各有死傷。日本藉口「護僑」悍然派軍艦入廈，派遣陸戰隊登陸上岸示威，大肆搜捕拷打中國人。他們佔據廈門重要軍事據點，架設軍用電線，在台籍流氓屋頂設置數十處機關槍位。廈門人民紛紛罷市、罷工抗議。時稱「台吳事件」。

三

民國十三年（一九二四）二月二日廈門偵探隊在甕菜河擊斃一名私帶槍支抗拒檢查的台灣浪人，引發八十餘名浪人與軍警大規模衝突，雙方均有死傷。日本領事館為此與臧致平交涉並調日艦來廈示威，臧致平惟有將員警廳長陳為銚免職。四月臧致平與海軍談判後撤出同安、廈門退守漳州，廈門遂為北洋政府海軍所占。

閩系海軍如法炮製控制廈門。在海軍團長馬坤貞、營長康某的支持下，成立「海軍陸戰隊偵探隊」，以林明為隊長，照樣收廈門角頭好漢為密探，並暗中下令：遇有當街搶劫及便衣帶槍者格殺勿論，這道命令專為對付聚義堂的日籍台灣流氓。陳糞掃的急先鋒「肚才」首先被捕，在海軍司令部轅門口被公開斬首示眾；其他爪牙如「偷雞福」、振忠、戇狗等，或被殺，或被埋，或不知所終，約有十人估計是被裝進麻袋丟到海裡去了。

陳糞掃狗急跳牆召集嘍囉商量對策反撲。六月日籍台灣浪人陳蹺全等衝到九條巷金鳳妓院尋釁，當場刺死海軍偵探李有銘。海軍偵探隊一不做二不休，某日全體出動包圍麥仔埕。這一天廈門市上演了一齣好戲。偵探隊員或化裝成乞丐，或偽飾流浪者，或成走街穿巷小販，或扮作搖搖晃晃醉漢，於是日下午三時左右埋伏於麥仔埕附近。時間一到探子鳴槍發出信號，眾人合攏包圍上來，先後向麥仔埕投擲火球、火把，聚義堂毀於一旦。聽到槍聲軍隊趕至，陳糞掃率眾且戰且退，手下多受傷遁逃。史上稱此為「台探事件」。日方只好將陳糞掃等二十多名日籍流氓遣送回台灣，中方則槍斃替死鬼——原偵探隊長李清波，事情方告結束。

火燒麥仔埕事件發生後，日籍台灣團夥改由東京帝國大學畢業、台灣總督府派遣來廈的「文治派」頭子謝龍闊出面，召集在廈各幫派頭子共十八人，在金雞亭歃血結拜為兄弟，力圖團結復興，即所謂「十八大哥」。包括：召集人謝龍闊、「廿八宿」中的柯闊嘴，「武德會」中的鄭有義、李龍溪、陳戇明、林清埕，林滾及其手下鄭明德、張維源、王昌盛、陳春木、陳糞掃、王阿海、陳猴猴、林豬哥、陳天賜、吳攑、謝阿發。

四

跑到金雞亭結拜的，不單止「十八大哥」。日籍台灣流氓頭子林滾與廈門幾位官員和角頭好漢頭子，也在這裡叩首結盟。《廈門各角頭流氓》一書中曰：「林滾勾結警察局分局長王宗世、謝紹曾，漳廈警備司令部偵探隊長胡震，鼓浪嶼工部局偵探隊長鄭西海，大王流氓頭子宋安在，關仔內流氓頭子許振潤等到金雞亭飲血酒，結拜為兄弟。金雞亭和尚瑞枝因接待眾好漢也被拉入拍攝，有相為證。」當時草仔派及城內派，因為李清波之死不與林滾等往來，但見到王宗世等與之結拜，只求河水不犯井水各守疆界不敢撩是生非。

上述「大王」、「關仔內」、「草仔派」、「城內派」，均是廈門淪陷之前本地角頭好漢幫派的名稱。此外，還有些小派別「二王派」、「溪岸派」、「美仁宮派」、「廈門港派」、「鼓浪嶼派」等。其中「草仔垵派」和「城內派」的許多角頭好漢，就是「台探事件」中海軍陸戰隊偵探隊隊員；而「大王派」和「關仔內派」的角頭好漢，則與「十八大哥」時而勾結時而內鬥。

角頭好漢多出身於社會底層，可是凡事都有例外。閱過拙作《鷺島故事》的讀者當記得廈大校長林文慶，還有他優秀的長公子林可勝——一名從協和走出的將官軍醫。人說虎父無犬子，林家老二林可明、老三林可能也不賴，分別是專業人士和銀行家。然而十個指頭有長短，遺憾的是顯赫門第也出了個不肖子。林可料排行四，在名大學畢業後曾於香港經商，後來到廈門大學教英文。此君由於放蕩不羈交友不慎誤入歧途，很令其父傷腦筋。時值李清波被海軍處決，廈港流氓群龍無首常被台灣流氓欺負，因林可料擁有英國國籍，遂被廈港流氓推為首領，其黨羽平日欺負漁民，依靠收取保護費生活。

林可料一度與廈門港流氓老大柯仔堅等結拜成為角頭好漢，後又與其人不和鬧翻，在黑道老大出面干預下方化解糾紛。林文慶知道兒子與黑社會組織糾纏不清極為惱怒，憤而登報宣佈脫離父子關係。可嘆林可料死得太早（一九三四），否則在殘酷的戰爭環境中或能大徹大悟扭轉其立場心態（當然也有可能成為無恥的賣國賊）。世事絕不是非白即黑，幫會中亦不失愛國者，某些江湖好漢在民族存亡的大是大非面前並不全是孬種。本《鷺江傳奇》中就有這麼一個黑道人物，在老百姓心目中，因其人所做所為可圈可點，無疑對之褒貶不一，只是此君有如上海灘上的杜月笙，內心支持中國人民抗戰事業卻是堅定不移的。

第二章 疾風勁草

一

十九世紀最後一年，惠安縣一對張姓青年夫婦帶著乾糧，花三天時間風餐露宿跋山涉水，頭天從老家崇武鎮起步，到泉州城郊找親友投宿；第二日天未亮朝水頭方向出發進入同安境內，當晚在農家屋簷下露宿一夜；第三天徒步加乘船渡海趕完七十餘里水陸路，風塵僕僕到達鷺島。家鄉的鹽鹹地貧瘠，養活不了一家老小，該地的男人從小拜師習工匠手藝到城市謀生，妻兒留在鄉間灘塗捕魚蝦賣了換糧食餬口。這對新婚燕爾不願分開，攜手共同進退，勇往直前奔城市討生活。父親撒手人寰之後留下兩畝薄地，幸一對雙胞胎兒子崇文、崇武已成人。弟弟崇武人稱阿二，他將自己名下的一份讓出來，囑咐大哥崇文照顧好母親，帶領新婚妻子離開家鄉。

望著滔滔鷺江水，兩人的心情無法平靜，縱使再艱難也不能退縮，咬緊牙關決心在此地紮下根。其時百姓貧窮多居住在臨時搭蓋的棚屋，男人的木匠工藝無施展之處。夫妻倆胼手抵足拾撿破爛，在市區溪岸貧民窟順沿別人的次序，搭起一座簡易草寮棲身，成為這個陌生城市的新移民。丈夫到碼頭上扛苦力，風裡來雨裡去，小伙子氣力還是有的，何況正當年輕力壯。惠安女人皆天足，既要耕地又要下海，迎風浪踩灘塗。由於惠安男人自小學藝：木匠、石匠、泥水匠，一年到頭在外打工，回家休息便充當起驕貴主子，農務、家務全靠女人撐持。賢妻進城後心甘情願替工友縫縫洗洗、納鞋補衣，勉強得以餬口。

第二年他們的第一個孩子出生了，鄉間尚有識字的私塾先生，可以請他依古書指引取個響亮的名字，而現在左鄰右舍皆是目不識丁的苦力。阿二搔跌不少頭髮，就是想不出個好名字。抬頭望見藍天上幾隻鴿子翱翔，心想人的際遇全憑天意，既然大哥的兒子叫「天佑」，弟弟的兒子就叫「天賜」吧！

母親裡裡外外地操持，從天亮忙到深更半夜。父親回家也要做家務，要嘛劈柴火，要嘛打水幫妻子漿洗晾曬，或者給屋頂拾漏為竹棚加固。當然，有時候實在太累了倒頭呼呼大睡，強體力勞動令男人困乏無比。丈夫是個好男人，別說不沾嫖賭，連字花也不買，整份工資按時全數交給老婆。張天賜的童年不是自己撒尿玩泥沙，就是跟小雞、小兔說說話。後來有了妹妹，母親需要出去給人送衣物，就將妞兒放在轎椅內吩咐兒子看守，不准他出去跟隔壁人家孩子玩耍。有月亮的夜晚家裡從來不點燈，母親就著月光縫衣納鞋底，兒子半夜醒來到棚外撒尿，經常瞧見母親困得挨牆打瞌睡。只有冬天的夜裡，女人捨不得燈油外面又冷，才摟著孩子早些上床休息。

一個嚴寒的冬季。有天父親一早去上班，母親例外沒有起床，妹妹餓得大哭大鬧。哥哥雖才五歲卻十分懂事，拚命搖晃母親想喚醒嗜睡的娘，可是女人混身滾燙一味胡言亂語。孩子慌張起來跑到鄰居家大聲喊叫，驚動了一位同鄉婆婆，老人放下手中活兒顛著小腳趕過來。只見她摸摸女人的額頭大叫一聲：糟了！該不會染上風寒急症？快通知你爹請郎中去吧！到哪兒找爹爹呢？兒子只知道父親在碼頭扛活，可是廈門那麼多碼頭豈知是哪家？打開抽屜一眼看穿，裡面只有幾個銅板，家中時無隔夜糧哪來錢請醫生！男孩望著老人「哇！」一聲哭出來。

同是窮人明白沒錢的難處，即便叫男人回來不僅沒用反而誤了工！於是婆婆說，你娘病倒了發高燒口吐紅沫，要是在鄉間採些車前草、雷公根、白茅、茄冬熬藥煎服或許還管用，可咱這裡啥也沒有。孩子你看看灶頭有沒有吃的，先給妹妹治治肚子吧，她餓瘋了吵得人心煩。小天賜這才覺得自己也餓了，慌忙哄妹子道：阿母病了，小妹乖，別哭！等哥去撒泡尿，回頭熱昨晚的粥給你吃。婆婆聽罷拍手笑起來：有辦法了！快去拿大碗來！男孩找來一個公雞碗，阿婆猛地扯下他的褲子，不斷催促「快快快！」雛兒圓睜雙眼不知所措，羞得臉都紅了。阿婆捧住碗怒喝：「臊什麼！早起的童子尿貴如油，你媽等著救命呢。」男孩終於明白了對方用意，越心急越是尿不出來，儲了一夜的尿點點滴滴灌入母親口中。

老人煮了自家的蕃薯給兄妹倆充飢，然後舀了盆冷水坐下來，不停地用溼布替母親敷額頭。婆婆的土方果然見效，母親終於退燒漸漸甦醒過來。當爹爹下班回家時，方曉得妻子剛剛經歷過一場大病，百感交集羞慚不已。緊接下來幾天阿二照樣往外跑，然而他並非去舊老闆那裡工作，而是到一家英資洋行，許多人在那裡排隊應聘等結果。前往的男人交頭接耳，傳言南洋商人在此招募華工，願意赴海外謀生者簽下合同可獲一筆金錢補償，據說到了那邊待遇更豐厚。

家裡太窮兒女幼小，男人希望留下一筆安家費給妻兒，單槍匹馬出去淘金闖天下，期待有朝一日發達再接家人出國。按下指模換來一千個銅錢，洋人叫翻譯告訴男人：明天一早碼頭上集合出發，頭家負責全部吃用不必帶行李。二鬼子反覆叮囑：千萬別捨不得與家人分離而變卦，一經簽訂合約你便不再是自由身而屬於洋老闆，若思忖反悔逃跑等著坐監牢吧。

待兩個孩子相繼入睡後男人將實情告訴女人，兩公婆一宿無眠。老婆依偎在丈夫懷中，淚水溼透男人胸襟。阿二不曉得該如何撫慰賢慧的妻，自嫁過來跟著自己受苦多年從未有怨言，而今忍心把養兒育女的擔子卸下給另一半，再無良的男人亦心如刀割，何況自己多麼愛她和孩子。他無法預期將來，惟有聽憑命運的安排。

天沒亮女人熬好地瓜粥，伸手到雞窩摸出兩隻蛋，將瓦罐中僅有的一碗粗雜糧麵摳出來，傾盡油瓶給丈夫煎了兩塊餅子。看多一眼兒子、女兒，天賜似乎在甜睡中做美夢，香油的味兒令之咋舌磨牙，女娃紅樸樸的粉臉令父親忍不住吻了又吻。父親沒動那碟麵餅，倏地倒下兩碗稀飯，拎起捲著一套換洗衣服的包袱，再次親親酣睡的孩子走出家門，連頭也不敢回。妻子泣不成聲渾身綿軟挨著門檻，目送丈夫漸行漸遠。

船隻靠岸拋了錨，拖著豬尾巴的唐人被繩子套住一隻胳膊，長長的隊伍經碼頭被送入船艙底，這些中國男人從此成為海外奴工。可以說他們是自願的，也可以說他們是受蒙騙的。張崇武被賣了豬仔，丟下年輕的妻和一對兒女，一去不復返。

二

五歲的兒子一覺醒來見母親涙流披面，小小的心靈滿是疑惑，夢中出現過的兩塊油煎餅在飯桌上攤涼了。兩兄妹分吃了餅，意猶未盡吮了吮手指，盼什麼時候再來豐盛一餐。只惜等到晚間也未見爹爹回家，小哥這才發覺父親從此消失。賴以生存的家庭支柱頓時崩坍，自此一家人被推入無盡的黑暗深淵，骨肉成為孤兒妻子變成寡婦。

為什麼？為什麼？從左鄰右舍口中得知：鬼佬欺騙一批批唐人去給他們當奴隸，一切的痛苦皆拜洋人洋教所賜！仇恨的種子開始在孩子心裡萌芽，因為對外國宣教士和教會格外反感，孩子當起角落的「囝仔頭[1]」，時時呼朋喚友前往教堂搗亂，或擲石擊碎玻璃窗，或搗毀桌椅板凳，發洩心中怨氣。對這些未開化的窮孩子，教會能有什麼主意？

年輕的母親艱難地負起撫育兒女的使命。或許老天體恤可憐的孩子，九歲上的兒子已長得快與母親一般高，濃眉大眼骨胳粗壯，發狠打起架來不會輸給十三歲的街童。父親走後音信全無，好心的鄉親大嬸勸說母親再醮，連老家的親人也叫人帶話，希望女人另找個男人作依靠，好歹拉扯大張家兒女。然而誰也沒能說動這個倔強的女人，唯獨小子明白她的心意，慈母把希望寄託在自己身

[1] 孩子王。

上。於是他未與母親商量便自作主張，冒充十二歲到一家鞋舖當學徒。那時候人們穿的鞋子全要度腳畫樣用手工製作，學徒必須學藝三年方能滿師。

再窮困徒子見師父的禮物還是要準備的。家徒四壁，母親惟有捧兩雙手納虎頭鞋當見面禮。師娘見了冷冷一笑道：哎喲，還真是鄉下婆娘進城喔！也不想想你兒子是來幹什麼的？叫開鞋店的公子小姐穿布鞋！師傅倒是沒那麼刻薄，笑著打圓場說，不相干不相干，在家穿布鞋也蠻舒服。把母親羞得無地自容。

小作坊的老闆身兼師傅，兩年前已經僱用一名學徒，天賜稱之師兄。剛開始師傅根本不教徒兒做活，學徒生涯的第一年無非給老闆打雜，替老闆娘倒尿壺、洗衣服、帶孩子，吃不飽睡不足動輒挨打受罰。有一回師娘喊要杯熱水，小學徒剛煲起滾水替師傅沖高末，順手給師娘送一杯。沒料到瓷杯子不傳熱，師娘一啜燙了嘴，立下變臉兜頭兜面將水潑過來，小孩的臉皮嫩馬上紅腫起來。

師傅大喝一聲：「肖查某！[2]」將孩子受傷的臉強浸入盆裡，良久再抹上消腫藥膏，好在沒傷到眼睛。師娘生下兩個孩子，兒子五歲女兒兩歲，新聘的弟子必須服侍五口人，包括做飯、洗衣、打掃。山芋、蕃薯、稀飯還是有得吃的，兒子旨在給家裡少一張口，母親則希望他學一門手藝維生。

逢年過節師傅交代買多兩個菜，男人喜歡喝兩口。小徒兒一早按吩咐上菜市場，買了副豬頭

---

2 瘋女人。

皮，用心剔除污垢洗燙乾淨，切塊爆香後加酒加花椒、八角，置瓦缽頭燜爛，滿廚房香噴噴。送貨路上想起很久沒吃過米飯，今晚即將開葷享用美妙飯菜，涎水都快流出來。然而東嶽廟前講古先生特地安排，中秋夜講水滸傳一百單八將排座次，難得的機會哪捨得半途走開？曲終人散時滿月已高掛空中，等待他的是一桌殘羹剩菜和狼藉碗盤。老闆娘擬讓兩個徒子替她背孩子走巷穿街看花燈，豈料不見小徒弟人影，氣得連鍋巴也不留，出門前特地往鍋裡澆上一瓢水。孩子餓極了，煮熱鍋巴狼吞虎嚥。還是師傅心慈，摸摸徒兒的頭，悄悄遞上自己下酒的一碟豬耳朵。

師兄滿師走了，按不成文規定，徒弟不能在師傅前後街另立門戶。張天賜第二年開始兼做粗活當師傅的下手。小舖子貪便宜專進平價皮貨染製，買來的皮料需要先做一道酶軟工序：清洗粒面皮垢，清除色素及殘存物，使彈性纖維肌肉組織削弱，令皮子柔軟具延伸性和透氣性。臭皮子首先得刮油脂修剪霉爛邊料，做這活兒須接觸化學藥品及長時間浸泡在水裡。冬天男孩的雙手龜裂如松樹皮，母親見了忍不住偷偷落淚。

唯一的樂趣是替老闆跑腿。通常送貨上門給客人後，可以的話偷閒到關仔內「內武廟」說書館聽一段古。《說岳傳》也好，《三國演義》也罷，或是《七俠五義》、《今古奇觀》，所有故事對他都是一種思想啟蒙，忠信孝悌禮義廉恥無形中植入孩子心田。瞭解歷史關注社會倫理觀念，無形中培養了他不同於一般人的思想情操。窮家子弟未能入學接受正規教育，強烈的求知慾推動他自學成才。

有時客戶打賞一兩個銅板，孩子本想買支糖葫蘆解饞，最終卻嚥嚥口水，到書攤上租下一本小人書。歲首拆紅包儲夠了錢便買下來，看圖逐字捉摸，不懂的則請講古老先生予以指點。上天賦異稟這孩子，憑藉幾本破舊的古書開始認識了許多字，後來漸漸可以看懂整本書。客人的帳他爭著登記，來訂做鞋的都是本地人，通常賒貸至中秋或年關才付款，孩子便學會了打算盤。雖說捱到第三年才可以著手學習裁剪縫紉功夫，但聰明的徒子一早熟悉了所有工序，整個工藝過程很快就上了手。

張天賜十歲這年中華大地發生天翻地覆的變化。那天徒兒被老闆支使出去買藥水，大藥房開在衙口街，孩子拎著玻璃瓶吊兒郎當沿斜坡走。突然四周路人慌張起來紛紛朝兩邊躲閃，張天賜被逼退到後面甚不甘心，醒目地爬到最高路面騎到人家圍牆上觀望。只見一隊人馬浩浩蕩蕩奔馳而過，有個年輕人雄糾糾氣昂昂騎在一匹棗紅馬上，英雄手持指揮令旗，剛剛率領數百名革命黨人進攻清政府「提台衙」，兵不血刃把清廷在廈門的權力中心一氣拿下來。這一幕畫面永遠留在張天賜腦中。

真正踏入十二歲時張天賜滿了師，可是他已經不想幹這狹隘的一行了。小子不願意一輩子當個小皮匠捆綁住自己。為了讓家人過上好生活，他決心改行做較容易掙錢的工作，並藉以擴大自己的生活層面。年輕人毅然拋棄小作坊生涯踏入建築行業，由泥水匠做起。從未上過數學課也沒讀過幾何學，卻能親手繪製建築圖紙；不懂得代數計算方法，但蓋一座多大的房子需要多少木材、石料、洋灰、磚瓦，他的估算絕對相去不遠。帶他入行的師傅稱之為天才，很快宣布徒兒合格出師，並親自教他大膽承包小工程，獨立經營起建築業務。

此時的張天賜一心賺錢，首要爭取搬離貧民寮屋區，住上不會四面八方進風雨的磚瓦房子。他相中了橋亭一間老屋，打算待湊足錢買下來重建。十多年來父親音訊全無，兒子長大了，願意代替爹爹成為張氏家族的頂樑柱，希望母親不必再替人縫窮，妹妹可以風風光光地出嫁；其次一旦有餘力將義無反顧地照顧城裡和鄉間的親人。

工作使他認識許多朋友，草根階層需要有人敢於出頭替他們說話做事。年輕人效仿「桃園三結義」，天賜自然成為眾人大哥，公認小子有開闊的胸襟、容人的氣量、肯捨小我取大我、勇往直前不怕吃虧。工餘時間他帶領兄弟們四處打抱不平「替天行道」，為弱勢社群出聲出力。別忘了他憎恨洋鬼子和為虎作倀的洋教徒，碰上人家舉行布道會便按捺不住，不由分說衝進人群，與人辯論甚至撩撥打鬥，令教會十分頭痛。

有晚與平時一樣路經溪岸基督教堂，耳膜突被天籟之音震動，腦子一熱竟然拋卻往日不屑一顧的心態，是那美妙的歌聲吸引他向往傾聽。此時有位招待員悄然走到身邊，誠懇地邀請客人入內聽布道。對洋教反感的年輕人一反常態產生莫大興趣，身不由主地坐下來，聽著聽著，內心被感染激動不已。

今天講道的是一位西裝畢挺屆而立之年男士，會佐介紹利先生從南洋歸來。張天賜從此君口中首次聽到幾位基督徒的名字，包括廈門同盟會最早的會員黃乃裳、林文慶翁婿，廈門基督教會的某位長老，即是當年兵不血刃把清廷的權力中心一氣拿下來、孫中山先生授予辛亥革命一等勳章的許春草。被這些革命家的救國思想深深激勵，喚起張天賜渴望接近上帝的心，思潮洶湧澎湃徹夜難眠。此後他主動踏入教會，牧者們成為其執友，諄諄引導年輕人認識唯一的救主。

有位女教師逢主日必到教會做崇拜，其位置幾乎固定在天賜旁邊。新來賓不熟悉聖經，翻閱速度時時跟不上，她一點未居高臨下，主動替小伙子掀到某頁，纖纖玉手指向某章某節，而後對小伙子會心一笑。教徒皆懷著敬虔的心來侍奉主，神的話語滌瑕蕩垢令人如沐春風。天賜見眾人做完禮拜仍留下來，諒是參加主日學及各類團契活動，心裡有些衝動卻欲語還休。奇妙的是互相祝福時，這位姊妹主動同他握手，詢問有沒有興趣加入唱詩班？後者回答很高興能參與其間。唱詩班裡有許多姑娘小伙子，眾天使的笑容令他陶醉，他願將自己融入其中。

本週唱詩班排練聖歌「谷中百合花」。女教師負責領詩，她熱情地向大家介紹這首歌。歌詞作者英國人傅萊十七歲時在衛理公會信主，其祖父和父親都是建築商，傅萊與三個兒子繼承祖業一起工作。父子四人喜歡吹管樂器，工餘組成「傅氏樂團」。初時（一八七八年）救世軍傳播福音不甚受當地居民歡迎，後來改在室外吹奏管樂吸引群眾無數至為成功。於是傅萊放棄祖業專心為救世軍工作，成為救世軍樂隊的首任指揮。此詞配上美國西部民謠的曲調相當美妙動聽。

主耶穌是我良友，有主勝得萬有，
萬人中救主是我最好靈友；
主是谷中百合花，我唯一需要祂，
祂能洗淨我使我聖潔無瑕。

悲傷時祂來解憂，患難時祂保佑，
一切掛慮全放在主肩頭；
主是晨星燦爛光華，是谷中百合花，
萬人中救主最美好；我愛祂。

張天賜全身心投入，由看1-2-3-4-5-6-7（簡譜）到弄懂那些豆豉所表達的do-re-mi-fa-so-la-ti，狠狠下了一番功夫。接受洗禮誓志皈依基督後，他尤希望自己能成為中國的傅萊，小子確有一把天生的厚嗓音。

第三章 怒海餘生

一

參與教會工作令張天賜認識了許多人物。有一天祖籍安溪的許春草長老布道，他如此論述信仰：「我信基督教不是吃教，不是信洋教；我是投降耶穌基督，不是和那些無惡不作的洋人妥協。洋人有好有壞，和我們中國人一樣有好有壞。好人我不反對，好事我贊成。信仰基督是好事，傳福音的人是好人。」長老說起自己從恨洋人洋教到皈依基督，是孫中山先生無形的影響，唯有耶穌基督的真理，才能使人「愛人如己」，甘心為拯救苦難的祖國和同胞犧牲，奉獻自己。

天賜琢磨起來：奇怪，自己的經歷跟許長老小時候多麼雷同！做見證時他表示決心追隨許長老成為聖徒戰士，且易名「張敬草」。教會裡都是些文化人，他們知道出處來自唐太宗名句：「疾風知勁草，板蕩識誠臣。勇夫安識義，智者必懷仁。」而不解「敬草」之意，因此花名冊添上「張勁草」一員。執事人員特地將這位熱心的小青年介紹給許長老，從而改變了他的人生。

許春草一手建立了「廈門建築總公會」，其「公」字乃代表勞資雙方，涵蓋九個社區工友逾三千，公會創辦夜校為文盲工友提供免費教育。當時國民黨地方政府腐敗無能，長老堅持「不與魔鬼結盟，不與罪惡擊掌」之原則，未向國民黨黨部及警察局履行人民團體登記手續，拒絕接受他們的任何命令，不參加他們組織的群眾活動。為此國民黨政府千方百計打壓和阻撓公會活動。張勁草不僅帶領同行參加建築公會，而且鼓勵一班年輕工友入讀夜校，每天晚上的時間都泡在學校，學習新知識團結在許長老屬下的教會。

有個夜晚下學時張勁草見到一張熟悉的面孔，記起是南洋歸來的利先生，看來他似乎在等待什麼人。學生們陸續互相道別告辭回家，勁草客氣地向他點頭致意打算離去，不料利先生走上前說，張公子不介意一起走吧。在下乃沒上過正式學堂的粗人，不是什麼豪門貴胄子弟，先生叫我勁草吧。好的，你也別稱我先生，我名叫利志新，其實我應該稱呼你兄弟。張勁草想，教會主內皆以弟兄姐妹相稱，點頭表示贊同，至於「弟兄」與「兄弟」之別則不甚了了。

天上的月亮跟著兩個年輕人，銀色的月光傾泄在他們身上。走到橋亭一家路邊大排檔，勁草建議坐下來聊聊，貪圖清靜可以選擇較遠的座位。客人說好啊，多年來在外奔波，久違了家鄉小食，今晚放縱一下不醉無歸。地主點了幾樣小菜加一支白酒，三杯兩盞觥籌交錯，客人利志新講起他的故事，主人張勁草洗耳恭聽。

我老家南安金陶。十七年前村裡流行鼠疫，利家十幾口近親死剩爹和我，那年我十三歲。為了殮葬祖父母、伯父母、母親及兄弟姐妹，我爹賣掉所有田地。我們父子倆不願面對一群墳山，決計逃離窮鄉僻壤到外面闖。走了兩天水陸路流落廈門，父親找不到工作，沒有人肯借屋簷下給一對乞丐父子棲息。當時人見我骨瘦如柴，怕有癆病傳染，父親解釋孩子沒有病只是營養不良，可是誰也不肯相信。露宿街頭被警察不斷驅趕受歹囝欺負，辛苦乞討來的食物父親忍住餓都留給我。

有日一位好心人給我們幾條蕃薯，說洋行那裡在招工，去試試吧，起碼好過挨凍受餓。父親動了心帶我去應聘。然而工頭說，你兒子太小洋人不收。爹懇求他們高抬貴手，說孩子十五歲了，只要吃飽飯見風就長，一家只剩下我們父子兩人絕不能分開。不曉得是那人可憐我們，還是他們找不到人讓我充數，我們父子被接納招聘了。得到兩千個銅板，父子倆去水仙宮一家故衣店各挑了套衣服，再到澡堂泡了個澡梳洗齊整，閒逛至橋亭今天這附近吃了餐飽，父親還叫了支白燒。當晚我們第一次住上客棧，第二天睡醒覺用過豐富的早餐：豆漿和油條，將剩下的錢盡數給予碼頭上的乞丐，徑直上了船。

二

一望無際的大海，遙無盡期的水路，綁在手上的繩子給解開了，有誰會捨生跳下去餵鯊魚呢！艙內充斥著海鹽、汗水、尿臊、嘔吐物混成一團的熏人濁臭，東倒西歪的男人們如欄舍中待宰的豬，拖著長長的尾巴，等待上天最後的審判。初時我餓鬼般地搶吃，幾天後因艙內沒法走動開始食滯，鼓脹的肚子再嚥不下一點東西，時不時放個臭屁熏得人人嫌惡。父親用繩索將我綁起來，叫我踩上船沿屁股朝海，處理掉胃腸內塞滿的垃圾。看著腳下滾滾浪濤我惶恐之至，船身不斷搖晃沒能蹲好，一陣浪潮劈頭蓋腦將我打落，暈倒甲板上不省人事。

父親把我拖進艙，船底沒有一絲地兒是乾的，我全身溼透沒衣服換，渾身溼漉漉夜裡發起高燒。我看見我的娘，拚命喊「姆啊」。父親愁眉苦臉無計可施，跪拜向空中祈求：老天爺請不要帶走他，志新是利家唯一的根苗，如果一定要死一個，我願意代替兒子。

常言道同舟共濟。然而同來的人們沒有一絲兒同情心，私下裡議論紛紛，說這小子恐怕惹了瘟疫，如果不將他扔下海，全船的人都會被傳染時疫而死。父親急切地大聲分辯道：我們父子連鼠疫都躲過了，哪裡會惹上瘟疫！此時一位叔叔站出來撥開眾議，說甲板上酷熱難當，底艙空氣不流通，這孩子只是腸胃郁積而已，咱們同坐一條船怎能落井下石？說罷他拿來海水打溼的小包袱，解開油布取出一套乾淨衣服，對父親說，給孩子換上吧。接著他又親手將我脫下的衣衫扭乾，抹去船艙的水跡鋪上油布讓我躺下。我穿上寬大的衣衫迷迷糊糊睡去，據說他一夜沒睡盯著我，在我的太陽穴和肚臍上搽幾次萬金油，不時順時針按摩我的肚子。清晨我醒過來肚子咕嚕咕嚕地響，解手排泄出肚腸廢物，病即刻好利索了。

父親感激不盡要我向恩人叩首致謝，只見他一味擺手道不敢當。父親與他時作交談，得知叔叔是惠安崇武人，姓張名崇武，鄉人皆稱其張二。父親說，人家已有一對兒女，否則要我認他義父。叔叔撲斥一笑，道他不過才大我十二歲，怎麼當得起我父親？之後父親叫我稱他二叔。

氣候越來越熱。白天艙底悶熱得像火爐，甲板被烈日燒得滾燙，只能夜裡上甲板靠船沿吹吹海風。二叔抽人家給的菸草解悶，對大海噴出一個個圈圈。這些天不少人病倒不能進食，船上淡水配給嚴格，他們已經乏力上去呼吸新鮮空氣。睡在病人旁邊的恐怕被傳染急於向上級報告，船員用帆布將底艙隔開一部分，將這些人拖到船尾，每天都有人被扔下海去。船長命令伙房煎熬一大桶草藥，按人頭每人分給大半碗。

自上船我就用小刀在船上刻記號，頭頂已見五個「正」字，表示船已在風浪中顛簸二十五天。二叔告訴父親，船已經駛出南海進入南洋群島附近，即將到達目的地。他日不曉得咱們能否一起工作，萬一失散哪位先回家鄉，拜託去廈門溪岸寮屋區看看我的妻子兒女，我兒子名叫張天賜。父親說等攢下錢落葉歸根，必先到廈門拜會弟媳婦，然後回鄉下買兩畝水田蓋兩間房子終老。一路上雖歷盡艱辛，但機會就在前面，生存者充滿希望。

清晨船駛入一處港灣，遠遠的地平線上出現一片陸地，人們確定是島嶼而非海市蜃樓，紛紛衝上甲板歡呼：到了！到了！幸福終於降臨，錦秀前程就在眼前！正當豬仔們互相擁抱喜極而泣之時，忽然一排山樣高的巨浪打過來，船身立即傾斜人們全都摔倒。近海一側的人紛紛滑落到甲板邊沿落水，近島嶼一側的則被浪濤狠拋出去。靠著舵房的二叔抓住機房外的繩子沒有滑落，他迅即扯下內牆上兩個輪胎，並將其中一個扔給我們兩父子。人們來不及哀號又被第二個浪頭擊中，甲板上其他人都跌落海被浪濤沖散。緊接著聽見船上桅杆相繼折斷的巨響，船長室和舵房皆被擊毀，船工均來不及逃生。船身搖晃即將沉沒之時底艙穿破開大洞，那些困在裡面已經死去或奄奄一息的豬仔，隨著惡浪或撞上礁石，或湧向附近島嶼險灘，多數人已沒有反應隨波逐流。眨眼工夫船體四分五裂，碎木板在水面上飄流。

我接下不期而至的輪胎竭盡心力喊叫，洶湧的海浪掩蓋落水者微弱的聲音。轉眼就不見爹爹，估計兇多吉少，他是隻旱鴨子。自小常在溪澗玩耍，夏天洪水來了泥沙滾滾，我和一班孩子手持鐵鉤在溪岸邊嚴陣以待，隨時攔截上流飄下來的財物。成段的好木材、家具、被單衣服、雞鴨豬狗。有一回漂下一頭十來斤重的豬仔，被纏在岸邊荊棘中咿哇大叫，我用繩子纏住腰，一端綁在大榕樹的分叉上，跳下激流頂著洪水將豬抱上岸。當然，在海嘯肆虐面前泳術再高也無能為力，若非二叔扔給那隻輪胎，我同樣要葬身大海。只記得在精疲力竭無力扶住它之時，我本能地將細瘦的身子穿過輪胎，而後便不醒人事。

不知漂流了多久，當我醒來之時看見一張瘦削黧黑的面容，興奮令她瞇起一臉皺紋。我不明白這人說些什麼，粗聽音調是閩南鄉音，細細辨認非也，夾雜著其他聽不懂的語言。順著老嫗雞爪般的手指，我看到床上有個破粗碗，就像我討飯用的，碗內黑糊糊的似是草藥渣。打量這座竹茅廬，屋頂、牆壁、門戶皆鋪著一層厚厚的棕櫚，床和桌椅乃用籐條編織，做工倒也精緻。我急於知道這裡是什麼地方，想不起為何來到此地，然而處於半睡半醒狀態發不出聲音。

我懷疑自己啞了，又昏睡過去。

胡吃胡睡幾個晝夜，夢中的我依舊在波濤洶湧中奮戰掙扎，雙臂不停划動，發不出聲音的呼救，一再地浮沉在那場山呼海嘯之中，直至腦子慢慢清晰恢復記憶。想起過往的一切，想起爹爹，不禁悲從中來，聲嘶力竭仰天長嘯，大喊大叫直至泣不成聲。不曉得船上還有多少人存活，生不見人死要見屍，我想爹和叔……然而語言不能溝通頓成障礙，惟有再度入夢，在睡眠中將息，等待心境平伏。

婆婆堅持不讓我起來走動，用手勢比畫要我多吃多睡，指著床邊的尿桶意思讓我方便。有日趁她上山採藥，我偷偷跑到海邊去。遙望大海波平如鏡，走近也不過是緩緩擊節的濤聲。誰知這表面寧靜溫柔的海洋何時翻臉咆嘯，吞噬無數生命？極目處有一團白色泡沫隨浪漂流逐漸靠近陸地。腳步蹣跚踩著沙灘撿起一顆螺殼，貼上耳朵聽它嗡嗡作響，不知它想告訴我什麼。此刻那白色物體接近灘塗，我走近一瞧差點昏倒，那是一具被海水漂白的屍體，身軀腫脹一絲不掛，皮膚起了鏡面就快爆裂開來。我跑開翻江倒海嘔吐起來……

老人家終於找到海灘來，見狀揮手招來幾個年壯村民。四位只穿短沙龍的男人扛著一幅竹杠，竹杠下纏著棕櫚繩編織的網兜。他們搬起漂過來的海難者，像鄉下人抬豬一樣，死人已面目全非無法辨認。所有海嘯中的罹難者均被葬在山上某處，一具具屍體排成列掩上黃土，沒有墓碑沒有姓名。爹，你在這裡嗎？兒子撿了一條命，利家有後繼承香燈，將來一定要建一番事業。塵歸塵，土歸土。安息吧，父親！我又幾乎暈倒過去。

婆婆視我為其親人，默默地為我做事。她將竹筒子裝上淘過的大米放在火上烤，用椰子油爆香小魚乾給我下飯。這條村的人並非用手抓飯，他們用木材做成筷子，飯攤在芭蕉葉上是因為缺乏器皿。他們不朝東跪拜，而是串起精緻的木頭珠子唸頌些什麼。婆婆捧出兩件麻布短沙龍，親自引領我往山泉洗澡，用剪刀剪掉我的辮子，指著豬尾巴嘮嘮叨叨，諒是嫌頭髮骯髒生了蝨母。老人就地親手替我洗二叔給的那套唐裝，罐頭盒內的液體是皂筴子煮的鹹液，衣服晾乾折疊好放在我枕邊。尤其令我感動的是她讓出唯一的竹床，多日來一直捲曲在靠背籐椅上。

後來老人天天帶我上山去幹活，碰見村民與之打招呼，遇見男人我聽見她稱「爸爸[1]」，遇見女人叫「娘仔[2]」，分明是閩南話。老人指著大海表示我來自遠方，又指著藍天似道天意吧——這個男孩是上天送給她的禮物。一直到我明瞭幾分當地語言，才知道這村莊住的不是馬來巫族人，而是幾代「峇峇」。婆婆的兒子死於海難，而我誤會了她的年歲，南洋女人海風吹烈日曬，不耐老且壽命較短。

無論如何不能在這小島終結一生，我才十三歲，一定要出去尋覓新天地，但我不能貿然離去傷害這善良的女人。勉為其難度過幾百個不分春夏秋冬的日子，我已經基本上聽懂當地土語，身體已恢復正常，應該是走的時候了。有一晚我雙膝下跪感恩娘惹的救援，請求她原諒我離去。我儘量用身體語言表達尋找「爸爸」的願望，如啞巴用手語加上他們簡單的語言。娘惹終於明白我的心緒，流淚為我準備行裝：香蕉葉包著飯團、兩顆椰子、竹筒裝滿泉水、小包袱內捲著兩套換洗衣物，全部掛上我瘦弱的肩膀，一雙爛布條加細麻線編織的草鞋送到我手中。異鄉人一再跪謝，摟著救命恩人哭，發誓找到爸爸就回來看她。已經走出好遠娘惹還立在村口，我朝她揮手大聲喊叫：「阿嫲，倒去！[3]」

1 峇峇。
2 娘惹。
3 奶奶回家吧。

三

日行夜宿。島上峇峇族群甚是友善，施捨我飯和水，夜間允許我住進茅屋，有的還請我吃榴連。這臭哄哄的果子難聞之至美味至極。我指手劃腳表達要找有豬尾巴的唐山人。一位慈祥的長者（恐怕我又誤會人家的年齡）指著山路說了一輪番話，話中夾雜著不少潮州語，意思是下坡過一道水，那裡有許多和我一樣的人，他們遠離家鄉到此地開礦謀生。他還說明天也要去礦上，讓我放心，睡醒與「爸爸」一道走。

天沒亮「爸爸」拍醒我。只見他背上一只大籮筐走在前頭，我小跑才能跟上。兩人進入小樹林，一地樹上掉下來的金黃色榴連。他逐個挑揀扔到背後，籮筐不一會就滿了。卸下重物坐在樹下，取出腰間一把彎砍刀，隨手拿起一顆依紋路撬開，那「果王」香的令人垂涎。他數次一條過地連殼帶肉遞給我，兩人狼吞虎嚥起來。吃罷果王老人又掏出一捧茶褐色玩意兒，剝開去殼教我試著吃，味道甜甜淡淡的，後來才知道這東西是「果后」山竹，能調和榴連的熱能和濃郁氣味。縱使他日西裝畢挺地上高檔酒店消費，卻再未能享受如此美妙的早餐。

有條河流擋道，小船剛靠岸就有許多渡客爭著上，大家將擔子放中間，自動分坐船沿兩邊。艄公慢吞吞地搖櫓，槳咿呀咿呀地唱，我這才留意一船的人肩挑手提之物：柴草、青菜、糧食、雞蛋、雞鴨魚肉，應有盡有。船夫泊舟時竹竿子才點到對面石壩上，人們便紛紛朝他的罐子扔銅板，爾後爭先恐後地拎貨上岸。想到身上一文不名我的臉漲得通紅。此時老者取出兩隻大榴連，指著我對艄公一笑，我聰明地留下那兩顆椰子隨之上岸。

索性厚著臉皮跟「爸爸」屁股走。渡頭上來是一條小街，兩邊店鋪林立，剛才搭渡的大多在此擺賣起農產品，也有送貨上門的。「爸爸」並非小販，徑直大步朝一家店門而去。我抬頭見鋪頭牌匾一溜的番文，但幾個大大的中文字十分養眼，「閩潮會館」豁然跳入眼中。哇！我止不住差點興奮地跳躍，思忖店老闆當是閩南人或潮州人，裡面一定有人懂得家鄉話。「爸爸」真是個仗義之人。

「哎喲，難得村長一大早親自送來阮最愛呷的榴連，擔當不起喔！」一位面貌姣好的婦女扭擺腰肢走出櫃檯，一頭黑髮綰到腦後，臉頰和額上的茸毛刻意用絲線絞拔過，撲上白粉細滑細滑，畫著兩道彎彎炭眉，嘴唇點過紅紙。這位唐山女人並未紮小腳。

老者指著我，意思此程專為帶我到礦場來。大難不死必有後福，看來我真的一路遇上貴人了。

「小弟弟有福氣，能遇到這位族長爸爸，應該感謝老天爺的眷顧！」女人抓住我的手仔細打量，看得我自臉頰紅至脖子。「長的不錯，白白淨淨斯斯文文，只是嫌身子單薄些，這麼嫩就去礦場淘錫，肯定長不了個頭熬出病。多大了？識字嗎？」

女人的潮州話我懂得幾成。我告訴她剛滿十五歲，兩年前在村中讀完私塾，會寫信、記帳、打算盤。接著再三強調我什麼苦都能吃，幹粗活挑水、做飯、打掃、洗滌也行。我的語氣自信又誠懇。

「好吧，日頭幫厨房挑水燒火，晚上跟我站櫃臺。開礦的鄉親在會館租房子包伙食，加上購買日用品都是賒數，惟有七天出一次糧這個日子例外。這天你不必做其他事，逐個督促他們一一交還欠款，否則停他的伙食叫他搬出去。帳目務必清清楚楚分毫不差，咱賺的蠅頭小利不是開善堂。這項工作本來有我大女兒負責，她準備要出嫁正好讓你來做。工資方面我不會虧待你，但是要看你的能力。」

女人又用番話向老人解釋一遍，看來他甚為滿意笑逐顏開。老闆娘稱了榴連打了算盤付過款，然後進屋拎出兩盒啥東西。「爸爸」推讓一番滿意地揮手作別，我依依不捨地拉他的手請求他常常來，他慈祥地點頭答應。

老闆娘叫小女兒阿梅[4]看店，一個八九歲的可愛女孩，然後帶我經過後面院子熟悉環境。原來這個地方很大，幾排竹棚間隔成一個個簡易工房，一眼望穿裡面的竹檯凳、竹枕頭，竹床上掛著點點血漬髒兮兮的蚊帳，輪夜班的在呼呼大睡。她分配給我一間近舖子的，說等下找一幅乾淨的帳子，別讓蚊子叮傳染上熱病。帳房在舖子隔壁，傍晚時分焚燒趨蚊草薰一薰，趕跑蚊子後隨即關上門窗，不讓蚊子再跑進屋。看來這家會館生意不錯，舖子夜間挺熱鬧的。

老闆娘交代一番又說：「你叫我桂姨吧，對人就說是我娘家侄子。我出生時家中院子飄滿桂花香，故小名阿桂。」我點頭表示明白並準備工作，先請教水源在何處，挑起的水桶幾乎與我一般

---

4 潮州語小妹。

高。桂姨扔掉長桶鈎說：「拴繩子代替吧。」此言正合我意，藉口怕繩弄髒水便不必挑滿桶，咬著牙來來回回裝滿所有水缸。好在礦工洗臉沖涼處用竹子引來山泉水，否則那麼多工人我怎麼應付？

挑完水我趕緊灑水掃地抹飯桌，接下來洗澡換衣服，想乾乾淨淨地給人好印象。豈料桂姨用否定的目光上下打量梳洗齊整的新夥計，看似鄙夷我唯一體面的衣服太不合身，給我找出幾套舊男裝來，說若嫌寬大等她得閒改改。我知道她沒有時間，猜想如果是她男人的，個子就嫌太小了，我穿上倒還湊合。這個精明女人彷彿看出我的腹誹，說她真的有一個表侄，可惜得熱病死了。

有時天還亮堂著，趁日班礦工未到飯堂買（賒）飯，我獨自踱到附近蹓躂，瀏覽本地風情。聽說早期礦場是一片荊棘叢生野獸出沒洪荒之地，人煙稀少、交通閉塞、工具簡陋、運輸困難。錫苗附存在底部砂礫石層，原始的開採方法是在產錫地掘潭，採出泥沙用水淘洗，取出錫米用火爐溶化提煉為錫塊。男人赤膊揮鋤挖掘含錫的泥土，婦女則用凹形木盆採琉瑯洗錫法。她們從水溝中舀出一些沙水，依靠雙臂令凹盆作節律擺動，將沒用的東西從盆邊沖洗出去，盆中留下碎錫米。後來有些礦主從歐洲引進採礦機械設備，在湖底用鐵制水筆射擊泥沙，或在岩石中用炸藥炸碎石塊，由沙泵抽泥石水漿上金山溝淘洗。

由於沒有戴手套和面罩，在粉塵、泥漿直接噴射下，作業的工人滿身污垢，下班礦工一個個蓬頭垢面，鬍鬚、頭髮與汗水結成一綹綹。衣服倒是乾淨的，工人們通常脫剩褲叉幹活，收工時手中捧著乾淨的衣裳，故而沖過澡不必洗衣服可以直接去用飯。長夜漫漫，這些人糧頭結了帳第二天就開始賒，喝點小酒、抽口菸草、鬥鬥紙牌，以期容易入眠。

夜晚是我最忙碌的時段，有時結完帳已近凌晨時分。工人出糧的第二天我不必挑水，根本爬不起來。每一個礦工都有一頁細帳，密密麻麻地寫滿紙鎖在櫃子內。血汗換來兩餐一宿，微薄收入難有節餘。可憐這班華工千里迢迢越洋過海，離鄉背井孤注一擲，來時滿頭青絲，而今兩鬢斑斑，他日大有可能客死異鄉。

桂姨安排我與其家人用飯，包括她和女兒倆、幫廚的兩個峇峇、買手老王和廚子，後者來自潮州，他們才是老闆娘真正的親戚。大丫菁菁已經婷婷玉立情竇初開，兩眼左右顧盼風情萬種，嘸嘸嘴顯然瞧不起我這個鄉下小子。此地既無私塾亦沒有學校，母親的文化比她還行，起碼會看中文講番話，女兒懂一點番文卻不識中文。桂姨向他們介紹了我，讓兩個女兒分別稱我表弟、表哥。大丫頭嘸嘴不加理睬，小丫頭阿梅卻很聽話，清脆地叫的挺親。桂姨說，志新你不必幫廚啦，有時間教阿梅學習中文吧，咱可不能被鄉人罵「數典忘祖」。奇怪的是男主人未曾出現。

後來從別人口中得知，桂姨的丈夫遊手好閒，嫌生意困身辛苦，藉口妻子沒替他生兒子，在外頭與番婆成家生了一大堆孩子，終於了其所願成了「多仔公」。精明的桂姨把握財政大權，掙下的財物那男人並沒有主事權。只是大女兒不上進令之深為失望，草率地想嫁做人婦生兒育女，母親轉而將希望寄託在小女兒身上。當然丈夫和菁菁的生計仍需仰仗桂姨資助。

四

廚房的工作免了，我仍沒有閒暇去與礦工交往，因為時常要陪同老王到鎮上購物。農產品有當地人送上門，許多日用品必須親自去挑選，供應商帳單來了也得依時付款。老王雖懂番話但識字不多數目不精明，鎮上的商人很會講閩南語、潮州語、粵語，桂姨覺得我反而有優勢。當然我不敢翹尾巴，虛心學習尊敬前輩永遠是對的。不外出時上午通常與桂姨對帳，中午不闔一下眼絕對頂不了烈日高照。我已經搬到帳房住下了，這房間有紗窗不怕蚊子，只要傍晚點燃趨蚊草關緊門窗。午後則要應付小丫上課。

曾經交待鎮上的老闆物色文房四寶，番邦之地竟然可以搜索到毛筆墨硯，甚至還有描紅字帖！阿梅很有乃母之風，學習相當認真。當丫頭看見我為她準備的學用品，驚喜不已激動萬分，摟著我高聲呼喊，午休的母親急忙跑出來瞧發生啥事。桂姨見我如此用心對我越發信任。沒有中文書本，唯有憑記憶將以往背過的書一股腦兒掏出來，將《三字經》、《弟子規》傳授給我的女弟子。其實我有什麼資格為人師表？反過來我也向阿梅學番文，稱呼她「女先生」，把小姑娘逗得十分開心。

有一天小丫悄悄問我：表哥肯不肯代人寫信？有個礦工得了病思念家人，想託人寄封信回鄉。我聽罷心中默然。這裡有些人按時付款但不煙不酒不任意賒欠，這種人很少到櫃檯前去消費，他可以直接將房租飯錢交給桂姨，我與之便無緣結識。也許他無意間知道有人懂得中文，婉轉地求我幫忙？想到落難時峇峇和娘惹施以援手，他們的情深義重讓我銘記在心。於是我問那人住在哪，小丫輕手輕腳地拖我的手進入後院，指著第二排竹棚伸出三個手指，然後與我勾勾小手指為盟誓，意即不要讓桂姨知道，爾後躡手躡腳返回去。

我懷著好奇心摸到第三間工房，左鄰右舍空無一人，諒都下礦場去了。惟有第三間房裡有人輾轉反側，竹床發出吱吱聲響，這位一定是病人無疑。我敲了兩下推開虛掩的門，一個男人側身向內，頻頻咳嗽輕輕呻吟，彷彿胸中的氣被堵塞住十分不暢順。有什麼需要我幫忙嗎？我大著膽子靠近病人，躲過鼠疫和海難我已不怕傳染病。病人聞聲艱難地翻轉身子，我見到的是幾近骷髏的一幅骨架子！剪短的頭髮參差不齊，滿臉鬍鬚拉碴眼窩深陷，短沙龍僅僅遮住下體，光背上一條條突兀的骨頭。

「志新！」他怎麼知道我的名字？這裡所有的人都恭稱我小掌櫃！「志新……」他的聲音沙啞微弱，卻叫的執作而堅定。

「您是……」我一向扮演大人假裝持重，此時撕去偽裝衝上前。與其說我看到一張舊人的老臉，不如說我是看到他那熟悉的眼神。「二叔！二叔！」我摟抱一副枯朽的軀殼哭了起來……

流著淚對二叔滔滔不絕，重複海難的經過，父親不知所蹤諒已作古，那條村落那座小山埋葬著多少屍骨。幸運的是峇峇和娘惹對我的救援，感恩桂姨的收留。該死的我竟不知二叔在身邊視若無睹！讓我找郎中看看您吧，附近村落有巫醫，我去求那位好心的族長爸爸，請二叔給我一個救贖的機會。二叔默默聽我敘述並不加插一句，之後按著胸口艱難敘述他遇難的經過。

海嘯巨浪最後將他沖到一個小島，身體撞擊海礁而昏死過去，不知經過多久才被當地巫族人發現。島民本來當他死人，準備將之與其他漂來的屍體一起埋掉，豈料善良的土人突然發現他一息尚存，即刻盡力施予救治。能夠走動之後二叔便設法來到這礦上，自知此劫已令身體十分虛弱，痊癒無望年限將至。來礦場工作並不是為了淘金，而是期待見到來自家鄉的唐人。他搖搖頭苦笑嘆息，說叔能夠再見你已經是上蒼眷顧有福了。雖然海難沒死卻落下一身病痛，兩年多來受過傷的肺葉承受不起強體力勞動磨折，死神已經向我招手，華佗亦回天乏術啊！見過賢侄此去無可遺憾，或許能在地下找到你爹作個伴呢。但願你將來能帶個信給我家人，拜託了。

兩天後二叔過世了，沒有太大痛苦，臨終前緊握我的手久久不放，直到撒手人寰歸去。我並未隱瞞而向桂姨坦述與二叔的關係，桂姨聽著默默流下一臉的淚。老闆娘出資叫人做了一幅好棺木，我替二叔抹身換上他送給我的那套唐裝，披麻帶孝買水擔幡送他上山，墓碑上雕刻「福建惠安人氏　叔父張崇武之墓　侄利志新敬立」。

此時張勁草已經接連喝下兩支白燒，淚水鼻涕肆虐無法站穩，利先生買了單扶起他，兩人搖搖欲墜朝溪岸家去。「讓兄弟好好睡吧，」來客對開門的女人說，「等侄兒繼續講給嬸子聽。」

三年後的小掌櫃已是個高高大大的成年人，且可以獨立經營會館的生意，桂姨不曉得如何付工資綁住這少年。利志新要求給予股份。指著腦袋坦承：成為老闆才能令我全心全意圖謀發展。小伙計告訴老闆娘，眼光要放遠些，不能囿於一個小地方。桂姨權衡利弊後答應了。之後兩年，「閩潮會館」的生意圈延伸到鎮上，開了第一家名為「盛利」的批發商店，經營範圍繼續擴展。

利志新又有新計劃。給桂姨第一個建議，讓大名英英的阿梅上洋學堂接受正規教育。南洋的姑娘早熟，阿梅已踏入青春期，先天帶來洋學生的活潑又具中國閨女的內涵；是熱情洋溢的南洋姑娘卻有窈窕淑女的修養。這一回桂姨口服心服，相信我是彼此兼顧的，縱然確實利用了盛家的資金，但從未使過陰謀，更沒有獨霸的企圖，因為吾亦股東之一：一枯俱枯一榮俱榮。第二個建議則是投資錫礦場。若非利志新有遠見，潮州女人除了經營會館哪懂得當礦主？而這個項目利志新確是懷有私心，希望藉經營錫礦改善礦工的生活。

盛二小姐上洋學校皈依基督教，連帶母親、表哥及所有親友都入了教，成為「國王的華人（King's Chinese）」。十七八歲時利志新已開始接觸新思想，立志推翻清朝帝制建立共和國，追隨孫中山先生加入興中會成為會員。此後他一方面努力做生意賺錢，另一方面又盡心竭力捐贈財物，甚至親身到南洋各地宣傳支持革命事業。英英畢業後兩人情投意合共諧連理，妻子坐鎮南洋，丈夫到處奔走，發動華僑捐紓支持國內武裝起義。

歷經浩劫而不死，是上帝的恩典，祂指引我走義路。我會繼續走下去，將我的所有包括生命獻給民國革命事業，無怨無悔。

第四章　聖徒戰士

一

張勁草自從會過利志新後，人生目標無形中升華到另一個層次。利先生留下一筆為數不菲的款子，說他回南洋後或改行專職服務教會和社會，嬸嬸和兄弟若不接受饋贈會令他終生不安。張勁草用這筆錢蓋了新房子嫁了妹妹，有了資金公司業務迅即擴充起來，妹夫成為其左右手。惠安縣出產木匠、石匠、泥水匠，鄉親們來到廈門不愁沒工作，不識字的孩子可以一邊當學徒一邊讀書，強大的建築隊伍是許長老的後盾。

公司培養了新管理層，張老闆可以將精力放到更有意義之處，為家人，為眾人。雖出生在廈門沒去過崇武老家，他卻心繫家鄉，計畫回去蓋一座青磚大厝、投資兩條漁船，為伯父和堂兄尋找出路。血濃於水，遺憾奶奶沒享過福就去世了。誰知道將來如何呢？土地和大海是鄉民的命脈，有朝一日或許回去漁耕，第一趟回鄉他對伯父母這麼說。

母親卻抗議了。蓋新房子又如何？你天天馬不停蹄為別人不想自己，總不能讓老母獨居！老人間接批評兒子眼界高，教會的姑娘文化程度高，咱要稱一稱自己的份量，不懂洋文不識樂譜，幹嘛好高騖遠而不腳踏實地。今年二十好幾啦，鄉下人生一大堆孩子了，該給張家有個交代，我等著喝新婦茶抱孫子呢。女人暗示哥嫂待侄子回去抓住機會，老家遠房表親多靚女。伯父張崇文心神領會，自然製造機會讓侄兒相親，蓋完新屋好讓他帶回新媳婦。

母親說的對，娶妻求淑女，過日子細水長流。回了一趟惠安，踱步夕照下的海邊，惠女在灘塗上修補漁網、晾曬鹹魚，不怕頭上風吹日曬、腳下螺殼沙石。小鎮上的姑娘們頭戴尖頂斗笠，彩色頭巾掩映紅紅臉蛋，盈盈笑語含情脈脈。偷窺這些仿如異族的美女，人人穿滾邊短青衫，短得遮不住圓圓的肚臍眼；玄色大筒褲下赤著光腳板，飄逸如下凡天仙。他頓悟了：家鄉的女郎勝過廈門姑娘，她們獨特的裝飾勝卻洋裝、高跟鞋，天然的黑紅色皮膚比胭脂、口紅靚麗。惠女的賢淑譽滿天下，艱苦耐勞且以丈夫、兒子為重，娶惠女為妻乃明智之舉。

鄉下兩進的粗胚房子蓋起來了，農家的庭院免不了養牛餵豬，牠們是一筆財產不能放在外頭，柴草糧食也都佔地方。第一進廳堂安放祖先和父親的靈位，左右廂房成為糧倉庫房。天井挖了口水井，兩邊過水一面是石磨房和脫穀子的碾房，另一面則是廚房和飯廳。前面都成了生活間，於是伯父母住入二進院落。「要是我娘回來就住東邊，她喜歡靠小樹林那面清靜。」即是母親和伯父母各住二進院落一半，侄兒對伯父尊重如同父親。

有位遠房表妹名美淑，健康漂亮含羞答答，對回鄉的帥哥兒一見鍾情，過門後第二年生下雙胞胎兒子。是遺傳基因吧？既然塵埃落定，接下來就要為社會多做些事。然而袁世凱稱帝、二次革命的挫折、討伐陳炯明、孫文的離世，數次失敗令許多革命者失去武裝鬥爭的信心，許長老這位平民的精神領袖不再參與國民黨活動，轉而專心致力民眾運動，諸如歷次反對帝國主義侵略的運動，成立全國第一個公開掛牌辦公的《廈門抗日救國會》，出資創辦《抗日新聞日報》等等。

民國十二年（一九二三），廈門發生台灣浪人林汝才等殺害吳姓夫婦事件，引起吳台械鬥。日本政府藉口「護僑」派遣陸戰隊登陸。許春草聯絡各民眾團體，發起「廈門抗日市民大會」並榮任主席。該會組織大規模遊行示威，通電日內瓦國際聯盟，最終迫使日本陸戰隊撤回軍艦。反帝愛國舉動令許長老處於極大危險中，日本特務和台籍浪人多次試圖暗殺他。然而許春草毫無畏懼鏗鏘有聲：「人的性命在上帝掌中，對付外國侵略，有錢出錢有力出力，無錢無力出命，我出命！」

許春草淡出政治活動後，對社會做了另一個重大貢獻。

有錢人喜好享受蓄奴養婢，奴婢制度是中國封建社會令人發指的惡俗，大戶人家買下窮人因飢荒缺衣少食的幼小女兒，當牛作馬隨意虐待甚至迫害致死，僥倖長大成人的，不是收留做妾，便是販賣為娼，婢女命運之慘痛莫可言狀。自少年時代起，許春草就深切同情婢女的不幸遭遇，皈依基督之後，更立下志願要解放婢女，如同林肯解放黑奴。

民國十八年（一九二九），許春草在鼓浪嶼筆架山召開群眾大會倡議解放婢女。站在講臺上，許長老涕淚滂沱控訴蓄養婢女的罪惡，譴責幾千年來的陋習，聽眾同聲飲泣。他慷慨陳詞道：「願有良心的兄弟姐妹們，跟著我來！天父支持我們！」民國十九年（一九三〇）十月「中國婢女救拔團」在福建廈門鼓浪嶼成立，許春草、張舜華夫婦承擔該團主要工作，小舅子張聖才任副理事長。

此時的張勁草完全明白了自己的使命。他鄭重地將營造生意交予妹夫全權打理，並懇請母親幫助媳婦照顧一對孩子，決心追隨許長老成為救拔團堅定的一員。

婢女救拔團一方面印發宣言、組織遊行，得到廣大市民和慈善機關的擁護；一方面發動少壯團員突襲劣紳豪宅，營救正在受鞭打虐待而號哭的女孩，送往醫院治療護理。高峰期收容院有二百個「院生」，她們學做女紅烹調，讀書寫字。有位教友捐出一架鋼琴，「大舅子」張勁草天生音樂細胞粗通音律，親自擔任導師教女孩唱聖詩。適齡女青年由院方介紹本地年輕人，俟互相交往後若雙方均有意思，救拔團便站在娘家的立場，在教堂為他們主持婚禮。為此這些女孩都親切地稱許春草為「阿爸」，稱張聖才為「小舅子」。張勁草與張聖才本因同姓而兄弟相稱，張勁草比張聖才大兩歲，跟他喊許春草「姐夫」，自然而然也就成為眾姐妹的「大舅子」。

一個伸手不見五指之夜，小島萬籟俱寂，遠處傳來清晰的浪濤拍擊。突然有人扣門，急切的聲音伴隨著重重的喘息。張勁草披衣起身，從眼洞窺測見一團小黑影，諒是有人求救，旋即打開邊門讓進又隨手閂上。許春草適做完睡前禱告尚未休息聞聲而至。昏黃的燈光下見一瘦弱女孩嘴唇發紫，海風吹得她不停抖顫，身上只穿一件髒兮兮單薄的衣裳。此時該團附設的婢女收容院也亮起燈，志願工作人員馬上前來幫忙，有的捧上熱水，有的脫下身上夾衣給來者披上。

循例需要登記填寫表格。要求庇護的女孩喝了口熱水暖過來，說人都叫她朗飼，今年應該是十三歲，不識字也不知自己的真正姓名。不過她倒是知道主人當官姓王名經。張勁草即刻一查，王經乃海軍警備司令部副官。小姑娘撩起袖子、褲腳和衣衫，人們看到女孩被籐條抽打過，遍體鱗傷體無完膚，令眾人慘不忍睹。

聽見她主人是軍官，大家明白對方不是善茬，擔心報復有些微猶豫不決。有人詢問長老是否先留她一晚再與對方協調。小姑娘聽見啼哭起來，說死也不回去，男主人會一槍打死她，女主人一再威脅要把她賣去妓院。好心人告訴「婢女救拔團」能救她，所以拚了不要命地逃出來。因為怕被人發現，傍晚過了渡躲在小樹林裡，一直待到夜深才斗膽摸上門。若許長老硬要送我回去惟有跳海，說罷哭天搶地幾近歇斯底里。許春草立即安撫表態，照章予以收容且言絕不妥協，請她儘管放心住下來。

第二天朗飼用過早餐被安排與團友一起外出暫避，許春草淡然安坐等人家上門尋釁，張勁草忐忑不安地遞上一杯茶。清晨第一班渡輪才開航不久，便有一個軍人帶著兩名手下，威風凜凜踩著皮靴而來。兩個兵痞持槍門口站崗，主子耀武揚威兇神惡煞，一時間人們噤若寒蟬，只聽見牆上鐘擺滴答滴答響動。

「他媽的姓許的給老子出來！」小小副官粗言穢語不可一世。

「鄙人在此恭候多時，閣下有何見教？」經過昨晚徹夜禱告，許春草祈求神賜予他信心和勇氣，在邪惡勢力面前自信能站得穩。

「據報我家下人被脅持在此，若不立即將她交出來，別怪老子不客氣出動軍警！」阿兵哥依舊咄咄逼人。

「長官的什麼人？逃兵還是犯人？請問閣下可否出示搜查令？」主人並不動怒，反而幽默地將他一軍。

這一來丘八自知理虧，語塞無法還擊。只見他裝模作樣裡外巡視一番，當然看不到丫鬟之影，罵罵咧咧丟下一句：「老子絕不善罷干休！」揚長而去。

事情不了了之。

許春草組織救拔團之時，正是福建討賊軍收場之後。幾年來張勁草負責管理帳項，瞭解後期許長老已經典盡賣空歷年積下的微薄家當和房產。此刻是他一生經濟最為拮据的時期，隻身獨支救拔團和收容院兩年不曾向社會募捐，最後用現住房子向銀行貸款勉力維持。救拔團除了每年組織兩次演劇義賣戲票，沒有任何方面的捐款。身邊親友問長老如何支撐下去，他倒是輕鬆地回答道：「既然上帝要我做這件事，他會負責供應所需要的一切。」

收容工作令救拔團得罪不少惡勢力，不止一次受到工部局警告。直到日內瓦國際聯盟一個考察團前來遠東參觀途徑廈門時，充分肯定婢女救拔團符合反對奴隸制度的宗旨，並要求鼓浪嶼領事通知工部局，不得干擾中國婢女救拔團的活動，方減少了來自洋人方面的壓力。

在上海中華拒毒會總幹事黃嘉惠的支持下，救拔團租用原德國在鼓浪嶼旗尾山的領事館舊址為婢女收容院，方能解決院址問題。婢女陸續投奔來院多至二百餘人。抗日戰爭爆發後，眼看形勢越來越緊張，有能力的商人早就將生意遷去南洋，居民們紛紛搬遷內地，廈門淪陷似乎是遲早的事。年逾五旬的許長老決定攜家人離開鼓浪嶼，到內地或南洋投身抗日活動。收容院終於交予鼓浪嶼國際難民救濟會維持。直到一九四一年底太平洋戰爭爆發，日本占領鼓浪嶼，中國婢女救拔團及婢女收容院才被日軍強行解散。

人生有散聚。張勁草辭別許長老和救拔團的姐妹，是時候認真梳理思緒，想清楚接下去該怎麼做。首先必須安頓好家人方無後顧之憂。世道不靖，近幾年建築業凋零，沒有什麼大興土木的項目，需要的是完成一些手尾對雇主有個交代，收回尾銀打發夥計。來自外縣的工人拿到工錢都陸續回鄉去。張老闆將母親、妻兒及妹妹全家一起送回惠安，一路上回想當年置船建屋的決定多麼正確啊，感恩主的指引！他個人則決定留下來守土。長老臨行前通過內弟的關係，將忠心的年輕人介紹給廈門一家俱樂部當物業管理，張勁草恢復原名張天賜，在鷺島潛伏下來。

二

之前提過，許春草的內弟曾任救拔團副職。此系何人？張聖才，可謂鷺島奇人怪傑真人。他的故事足夠寫一本書，可惜知者並不太多。

張家同安阪橋後垵，父親窮得三十三歲才結婚，婚後生下七子女，鼠疫死去三個，張聖才於一九〇三年其父五十五歲時所生。父親挑擔做小販攢下一小店，爺爺留下兩三畝旱地，一家人得以餬口。只因張家信奉基督教不容於村人，張氏弱房受盡強房欺凌，父親終要變賣家產，帶著一點錢遷居廈門。初時一家租住溪岸農家老屋，年逾六旬的父親頗為失落，仰望陌生城市慨歎「有如一尾淡水魚流進鹹水港」。哥哥換過許多職業，嘗試過販魚、走街仔仙[1]、當印刷工人、甚至養奶牛賣牛奶；母親管家嫂子縫窮，生活十分艱難。

張氏最小的兒子張聖才雙眼皮、大嘴巴、招風耳，雖則家庭窮苦卻也「呷飯缽中央[2]」。在姐夫許春草的幫助下，一九一三年十歲的張聖才轉讀鼓浪嶼養元小學，後來升讀潯源中學，十六歲考上協和大學，二十四歲畢業。教會學校改變了這窮孩子的人生。這個虔誠的基督徒血管中沸騰著熱血，亂世需要有人衝鋒陷陣，他便一手持槍一手按聖經，盡量把握住自己，沈穩地控制槍口不至走火，在驚濤駭浪中弄潮。讀者若想瞭解這個怪人，必須耐心聽我一一道來。

熟讀三國的朋友明白，諸葛亮為穩定蜀漢，對孟獲「七擒七縱」，終使孟獲臣服傳為歷史佳話。張聖才一生中亦經歷過七次被捕入獄七次獲釋，堪稱傳奇。

第一次因支持抗日坐了軍閥的牢。

一九一九年張聖才考上協和，那年中國發生五四運動，全國學生運動風起雲湧，十六歲的小青年在協和校園號召抵制日貨，振臂高呼推波助瀾。其時黃嘉惠等發展學生國民黨員五六百人，組織暗殺隊、鋤奸團、學生軍，出謀劃策營救危難同學、攻打督軍衙。當上學生領袖的張聖才被督軍李厚基逮捕，多虧美國務卿杜威出面才獲釋。出獄後張聖才仿如英雄歸來，當上協和大學學生會會

1 民間遊醫。
2 享受特權。

長，直至一九二四年底，以歷史、哲學雙學位畢業。

畢業後的張聖才回廈門，與黃其華攜手承辦「廈門雙十乙種商校」，欲將一家末流學校改辦為一流的「雙十中學」。張聖才非常謙遜，推舉黃其華擔任校長，自任副校長，親自寫了校歌。全身心的投入，廈門雙十中學終於成為遠近聞名的名校。除了教育事業，張聖才還創辦報紙、出版社及開書店。一九三二年張在上海參加中國生產革命黨，年底回廈門創辦《廈門日報》。

「九一八」事變後，張聖才滿腔熱情抗日反蔣，去廣州尋找共產黨，接受對方交予攜帶一小籐箱抗日傳單的任務，不料路上被國民黨憲兵追捕，匆促中竟逃進廣州軍用機場。更巧的是，撞上一位全副戎裝的國軍飛行員，與同鄉何啟人不期而遇。張聖才趕緊用地道的閩南話急促表明身分，何啟人盯著張聖才打量一番，接過籐箱往機艙一扔，然後轉過臉扮著不相識一語不發。張聖才胡跑了一陣，被憲兵抓住時手無一物，由於沒有證據便給放了。

第二次因「閩變」坐的是國民黨的牢。

一九三三年底十九路軍在福州成立「中華共和國人民革命政府」，張聖才代表廈門歡迎十九路軍入閩，豈料「閩變」政府突然垮台，陳銘樞請張聖才到福州做善後，幫助領導人逃往香港避難，張留在鼓浪嶼為他們做了幾個月的後勤工作。

一九三四年張聖才幫「中華民族武裝自衛會」印刷宣傳品，被國民黨逮捕押往廈門警察局，後移送省保安處監獄，再被軍統局帶走。張聖才的大哥找曾被弟弟救過命的一位朋友救助，這位朋友通過陳立夫的人脈關係，將張轉到省黨部監禁之後釋放。

第三次因參加救國會坐的還是國民黨的牢。

一九三五年張聖才到上海，結交「中華拒毒總會」總幹事黃嘉惠，參加「救國會」並出任副社長。黃嘉惠派張聖才去南洋調查禁煙情況。張先回鼓浪嶼看望母親，一到廈門就被軍統抓去，誣控其欲策動廣東陳濟棠反蔣。福建軍統中的張超與張聖才有交情，通過省主席陳儀寫保釋條子，把已關押了近月的張聖才放出來。

第四次坐的還是國民黨的牢。

一九三六年張聖才在廈門一家日本人開的「北周旅社」會見陳銘樞派來的人，商談殺一日本人以配合海南、重慶、上海的反日浪潮，被竊聽且錄了音，當場被捕押至南京陸軍監獄，一直關到一九三七年八月八日。出獄這一天，張被直接送至南京雞鵝巷軍統總部，想不到見到了戴笠。戴笠劈頭蓋腦對他說，去年西安事變太忙了，我沒辦法救你，現在聯合抗戰了，請你出來幫忙。

張聖才愛國心切支持聯合抗日，但也提出他的條件：一不干預國內政治摩擦；二不做反間，正面抗日而非曲線救國；三回廈門看母親。樂見國共合作抗日，尤其蔣介石也願意抗戰，張聖才同意加入軍統。此後他擔任過廈門特別組組長、閩南站站長、上海區組長、香港區組長、菲律賓潛伏組長等要職。

第五次坐的是法國巡捕房的牢。

一九三九年八月張聖才奉命到上海，撞正上海軍統區長王某叛變，把軍統幾百人的花名冊送呈日本憲兵司令部，日軍即將按冊抓人關進日本監獄。王區長因與張聖才有交情把他的名字劃掉，因而張僥倖沒被日本人抓去。戴笠當即指示：「形勢險惡，速離上海。」張匆匆趕去法租界軍統交通站，反被法國巡捕抓住。

法國人不懂中文，將張住處搜到的信件交予秘書黃中昌。黃曾在鼓浪嶼法國領事館當過書記認識張聖才，他告訴法國人這些全是「家書」而瞞天過海。戴笠花了兩萬大洋把張聖才撈出牢，並帶他到重慶見蔣介石。

至於張聖才另兩次牢房記錄，容後再表。

三

蔣介石是不輕易見人的，通常要等待好幾個月，可是他一下子就接見了張聖才。通報者並不給戴笠面子，非得要出示預約條子，令這個軍統頭子在張聖才面前尷尬得嚥不下氣。張聖才不能算是戴笠的下屬，兩人的職銜一度同為少將級。委員長拿著戴笠寫的介紹紙片，在手裡讀了讀說：「啊啊，你是張聖才，你是同安人，同安我去過，你在上海的工作很好。戴笠就是我，你要告訴我的話告訴戴笠就可以了。叫戴笠帶你去，好好去休息。」

一九三八年五月十三日廈門陷落閩南軍統癱瘓，張聖才接任軍統閩南站站長。八月轉道香港、漢口至上海，組建軍統第七組進行抗日情報工作。一九三九年底張被派往菲律賓搜集日、美情報。潛伏期間，他搜集了許多很有價值的日本情報。這個時期的張聖才表現出卓越超群的諜報才幹，獲得大量準確的日軍活動情報，讓盟國美軍飛機多次炸沉日軍艦隊、船隊，為抗戰立了大功。

誰又知道在南洋的偵探工作有多困難？珍珠港事件發生在一九四一年十二月八日。同一時間日本人襲擊菲律賓，美國事前沒有任何準備，美駐菲律賓的八百架飛機一天之內被日本人毀滅。另一方面，一支二十五萬人的強大武裝部隊，從執那頓登陸向馬尼拉前進。幫忙做情報的工作人員並未拿軍統工資，他們具自由人身分，戰事一發生紛紛帶家眷到鄉下避難，一時間張聖才成了光桿司令，沒人又沒錢。由於馬尼拉遭轟炸銀行關門，重慶雖寄來經費卻拿不到。

張聖才數數身邊只有一千美金，買了一部汽車，打算一天兩次去美軍司令部聽新聞發佈會，好與記者接觸獲得更多情報。可是他不會開車，需要僱傭菲律賓人當司機。日本飛機一來轟炸，菲律賓司機將主人連車丟在途中，自己跑去躲起來。換過兩三個司機均如此。

幸好張聖才有一位叫林珠光的友人。此君十分豪邁見義勇為，曾經繼承父親大筆遺產，花巨資買下廈門箭場一幅地皮，將舊「雙十乙種商業學校」搬到鴻山北麓，參與創建新「雙十中學」，其他的錢則全部花個一乾二淨。林珠光會駕駛，鼎盛時期曾擁有三、四部車，也願意為老朋友服務，甚至捨命送張上前線。林先生直言：「我若是不幫你，你會被炸死。」可謂肝膽相照。

仍需要籌錢。張聖才有個學生叫黃本源生意做得並不起色，此人的堂侄黃文開倒有些錢。黃本原告訴堂侄黃文開，張老師是做抗日工作的，現在沒有錢工作沒法做下去，你有什麼辦法可幫忙？黃文開這位開木屐店的小生意人拍拍胸口說：「為了抗日，有錢出錢，有力出力，我可以盡我的力量幫助你！」

張聖才循例打電報向重慶匯報，詢問需要談什麼條件。重慶回覆：「抗戰之後加倍奉還。」黃文開竟然回答：「若抗戰勝利，咱國家興旺起來，我不差這點錢；抗戰若失敗，國都亡了，我去哪裡拿這筆錢？不必談條件了，需要多少錢儘管拿！我的錢要是花光了，還可以去借！」

錢的困難解決了，人手呢？好在有黃其華先生。黃其華早年是廈門雙十中學校長，抗戰後到菲律賓創辦中正中學，搞得相當起色。中正中學除了千把個學生還有教職工。黃先生介紹十來個學生和教員來幫忙，更得力的是介紹泉州陳埭人丁亦弟來當通訊員。丁亦弟系阿拉伯族人，做點賣玻璃瓶小生意，會菲語、西班牙語，還娶了西班牙老婆。這個可靠的愛國分子勝任交通兼後勤工作。

戴笠為什麼會看上與共產黨有千絲萬縷關係的張聖才？就因為他人緣好人脈廣，而所有華僑都具赤誠的愛國心。後來張聖才兒子頗有獨到風趣的見解：「我老爸可謂是個天生當特務的料，記憶力驚人，反應十分敏捷，且有特殊的分析能力。」張聖才的確善於從眾多情報中分析比對，如人們最津津樂道的，張是第一個預言日本要襲擊珍珠港的諜報員。他通過多種管道，直接將這一決定美國太平洋艦隊生死存亡命運的絕密情報，送到了美國的決策人那裡。

可惜傲慢的山姆大叔置若罔聞，是不看重中國人的信息？或者有其他理由？珍珠港被襲的只是飛機，航空母艦毫髮無損。六天後張聖才的預言成了事實。不管美國佬是怎麼想的，盟軍統帥麥克亞瑟在記者招待會上見到張聖才，還是要握著手稱讚他：「你是一位出色的諜報員，謝謝你。」

抗戰勝利前夕，張聖才由菲律賓飛重慶，戴笠為他舉行盛宴洗塵，蔣介石授予少將軍銜，發給獎金二萬元及兩枚大勳章。張聖才把獎金全數轉交菲律賓華僑、愛國民主人士王雨亭先生做活動經費。在他的信念裡，個人從不吝嗇金錢：「在耶和華你　神所賜你的地上，無論哪一座城裡，你弟兄中若有一個窮人，你不可忍著心，揝著手，不幫補你窮乏的弟兄……總要向他鬆開手，照他所缺乏的借給他，補他的不足。」經過張聖才之手的錢財有多少，他自己都沒有數清楚，最後都從指縫裡流走了。

那天戴笠要去見委員長邀請張聖才一起去，張以要回廈門看母親推卻了，分明是有意迴避。回到家裡，他順手將大勳章丟給孩子玩。此後張聖才脫離軍統做生意。一九四九年蔣介石兩次召見張聖才都被張拒絕。張聖才說：「全國抗戰號稱八年，而我個人抗日活動長達十五年。」

第五章 蝴蝶舞廳

國破山河在。

一

俗話說：有人辭官歸故里，有人漏夜趕科場。廈門淪陷之前雖有許多有錢人賤賣物業逃難，但也有不少「趁低吸納」者，他們即是前面提及的猛人。十八大哥們見機會來了，迫不及待地大展身手擴充地盤，憑藉原來的基礎加上霸佔吞並民宅，甚至將整條街規劃為娛樂場所。淪陷後的廈門是日藉台灣浪人的天堂。前方刺刀寒光閃亮，血肉之軀築長城拚搏，後方燈紅酒綠紙醉金迷，真個「商女不知亡國恨，隔江猶唱後庭花」。

此次送親人回鄉親自安頓他們的生活，張天賜方曉得只有伯父一人在經營漁船，正確地說，兩條船是租給別人去做運輸工具，伯父只負責收租。那麼堂兄去了哪裡呢？張崇文也說不出所以然，只知道兒子天佑去廈門打工，家裡的事都是女兒女婿幫忙。既然天佑大哥在廈門，為何從不見其蹤影？這些年自己一直在鼓浪嶼忙著，沒讓他找著吧。於是侄兒向伯父要了堂兄的地址，將家事交託賢妻美淑，叮囑一番踏出家門登船回廈。

人走了房子顯得空曠，而今成為小倉庫，建築工地上的剩餘材料堆滿屋。他倒是捨不得扔棄這些吃飯家伙：大小木梯、竹竿、木材、小車、水桶、細沙、油漆、水泥，從外到裡舉目皆是；鐵鍬、鏟子、鐵鎚、刨刀、銼子、抹板、抹子；大大小小各款瓦刀、油灰刀，一間房疊高到頂。主人搖搖頭，許長老的小舅子介紹他到娛樂場所工作，用得著這些東西嗎？還好，妻子替他留了兩個被鋪齊全的房間，廚房廳堂也寬敞，可以隨時回家住。兒子明白寡母和妻子很想留他在身邊，然而她們更清楚他天生不是種田漢，勉強彼此都會痛苦。幸虧還有下一代，這便是女人們的安慰。張天賜悵然若失地鎖上門，先去工作地點報到吧。

三十年代的廈門市區開元路、大同路、昇平路最旺，其次是思明西路、大中路、中山路，這一帶集中了商場、布莊、銀號、戲院、歌舞廳、咖啡館，熙來攘往笙歌鼎沸。午後來到門面輝煌的蝴蝶舞廳，可以想見夜幕低垂時氣吐虹霓的景象。張天賜有些微緊張，三十六歲的大男人從未踏入煙花巷，難怪。門衛見他衣冠楚楚倒不為難，心裡卻暗笑客人是個傻子，這太陽還高高掛在天上，傍晚燈亮才來也不遲呀？天賜明白看門的想歪了，自己臉也紅起來，只好自我介紹說鄙人姓張，來找林老闆。

林仔滚經營的生意多了去，蝴蝶舞廳只是其中一項，哪有時間隨時見人，況且來的是素未謀面的陌生人。張天賜惟有害羞地告知對方，自己是某人介紹來工作的。哦，那不必見林老闆，找鄭明德總經理就行。熱心的門衛帶他進入總經理室，張天賜才開口道「鄙人姓張」，總經理就接著說，「張天賜，大哥一再提過的，我等你好些天啦！」門衛見自己沒看錯人，眉開眼笑地走開。

原來蝴蝶舞廳要擴張，隔壁的物業都到手了，只是林滾一班手下皆吃慣大茶飯，打打殺殺沒問題，做正經事則需要專人來處理。張天賜來得及時，林老闆給他封了個「物業管理經理」，安排予以專門寫字間和住房。張天賜當即坦言，建築公司已經結業，自己早成為「空軍司令」，哪裡去找「空降兵」呢？

綽號「硝膏德」的鄭明德即刻派了顆定心丸說：「張經理別擔心，只要貼出告示自有人前來應聘。你負責見見師傅，至於小工，大不了叫人去禾山僱農民即可。不是在下自誇，到我這裡做事的人哪會吃虧？」

「那好，我家中有現成的工具和不少原材料。」

「我派給你一個助手，叫他寫清單報個數上來。不過咱有言在先，就算工程完成解散工人，林大哥的意思仍要你繼續留下來。這麼大的公司，需要有個管家，有你忙的呢。」

張天賜點點頭答應：「今天我先處理私事，請您的那位夥計跟我去一趟，明天正式上班。」

硝膏德將眼睛周圍掃了一圈，揮手叫道：「憨雞，你過來！今天起你做張經理跟班，好好學點本事，改改你那吊兒郎當作派！」

只見一個乳臭未乾的小青年應聲而至，先朝老總鞠一躬，「總經理好！」轉身畢恭畢敬地對新上司又鞠一躬，「我叫憨雞，多謝張先[1]栽培！」

尾隨頂頭上司走到街上，憨雞問經理家住哪裡？橋亭。哦，那可不近。走不動了？不是，其實我想說，他日經理難免要公司、住家兩頭跑，應該有一部車子。什麼車？經理打蛇隨棍上。巧了，他心裡正思量這件事，正好讓小混混出頭。腳踏車，孩子慫恿。你有辦法買到嗎？二手車，沒問題，小青年拍拍胸口。東西可要正經的，千萬不能要賊贓，經理幽了他一默。包在我身上。

助手在張宅忙碌了小半天，將所有剩餘材料作規範記錄，逐一搬上小板車，累得一身的汗。張天賜掏出皮夾，抽出好幾張鈔票，叫他先出去吃個點心，回頭將車子推回公司，最好請人過目一下，單子直接交給帳房，然後你可以下班了。憨雞眉飛色舞地接過錢，一個鞠躬禮箭一般飛出去。

屋子清理出一部分空間，不免需要打掃一番，整理完畢後燒火洗澡，再蹲臺井邊洗衣服，將它們一一晾曬竹竿上。此時的張天賜思念起家人來，耳邊仿佛聽見孿生兒子的笑聲，想起回程那天，一手拖一個孩子，他是怎樣忍住大男人的淚。家國不能兩全之時，他選擇了衛國，雖然不是在沙場上與敵軍拚命，而是潛匿在另一條戰線上。

還沒來得及出去吃晚飯，門口傳來輪胎擦過地面的沙沙聲。敲門的是那個小青年，只見他興高采烈地指著一部約七成新身型小巧的單車，洋溢著一幅不負所託的自豪感。上司拍拍屬下的肩膀，笑呵呵地點頭，許以稱讚的目光。收下比所需更多的錢（說不定還有回扣），喜不自禁的小青年道

1　閩南語先生稱「先」。

聲「明天見！」一溜煙跑了。當然，日後經常以車代步的還不是臭小子他本人嗎？

二

一早說過，蝴蝶舞廳的大老闆林仔滾是十八大哥的大哥大。林滾有個拜把子兄弟乃台灣雲林縣人，是個變色龍般的神祕人物，張秉承、林一平、林介之助、十一龍頭……是他在不同場合使用的化名或代號。

林頂立一九〇七年生於台灣，受的是日本教育，對日本統治卻相當不滿，十五歲時說服父親前往中國就學，身懷全部財產——五十塊大洋。唸書時吃的是車伕粥——牽車仔糜。他先入讀鼓浪嶼英華書院，繼而轉學到福建省立第三高級中學。因為人達觀廣結朋友，曾被推為學生組織會長；亦因好打抱不平協助同儕解決爭端遭逮捕入獄，就在獄中被民國政府情報機構吸收，成為地下工作者。後來林赴日本留學，先後畢業於日本陸軍經理學校和日本明治大學，日本侵華戰爭期間，進到王牌部隊嶺南關東軍中擔任參謀官。

少年時代林頂立被日本黑龍會組織看中吸收，不久轉入警視廳，因為精通各種特工手段，做事機警敏捷、熟悉華人情況而不斷得到重用，一九三一年成為日本特高課的高級特務。實際上林頂立對做漢奸深惡痛絕，曾經計畫潛入大陸投報黃埔軍校。只是因為中國政局動盪無法成功，英雄無用武之地，不得不返回台灣暫時棲身。這期間林頂立有意無意地結識了台灣江湖豪傑林仔滾、福建黑幫大豪羅又章等，組成了台灣地區著名的黑道組織——「十八大哥」，他排行十一，人稱「十一龍頭」。

隨著日軍侵華的擴大，黑白通吃的特工深得器重。一九三八年，日軍派遣林頂立前往剛剛佔領的廈門擔任澤重信副手。林頂立認定真正抗戰的時機來了，希望加入軍統潛伏敵營。然而必須有人引見，這個介紹人便是林仔滾。一九三九年初秋，國民政府駐香港代表陳策將軍收到一封密信，乃台灣黑道大哥林仔滾所書，介紹一位名叫林介之助的朋友前往與君密談。林滾告訴陳策：此君來自日本特高課擁有日本國籍，把將軍嚇了一大跳。

陳策是什麼人物？陳策乃民國廣東海軍名將。想一想于右任先生的題詞：「義氣盟軍重、忠誠國父知」！參加過辛亥革命、護國戰爭、護法戰爭、討陳、討桂、抗日、太平洋戰爭……當過海軍司令、做過軍閥、封過爵士、任過市長，與侵略者作戰失去一手一足……人們只知陳炯明叛變時國父上了永豐艦避難，其實最初孫中山先生登上的是「寶璧艦」，後來屬下嫌此艦太小改到「永翔艦」。機警的陳策發現艦隊司令有異心，以請總理訓話為由親迎移至「永豐艦」。林滾雖是黑道人物但仍具愛國之心，曾在陳策將軍堅守虎門要塞時拔刀相助，兩人很有交情淵源頗深。

林頂立從日本經香港赴廈，停留香港期間悄悄拜訪陳公館。夜黑風高，來人三十上下，身材挺直高高瘦瘦，目光炯炯有神，軍人出身無疑。客人微微鞠了一躬，用日人的口吻流利的漢語自我介紹道：「鄙人林一平，希望回重慶參加抗戰，請您多關照。」此時的陳策無法馬上判斷面前的人，老到的將軍一面與客談天說地，一面示意隨從火速聯繫軍統香港站站長王新衡。王新衡立即回報：

「此人可信！」事關一九三二年軍統尚未正式成立就與林頂立有過聯繫，戴笠控制的特務處老特務連謀於福建曾接觸過林頂立，相當瞭解此人的愛國意向。只惜其後爆發十九路軍在福建起義事件，雙方失去聯繫。

當陳策將林頂立介紹給軍統時，戴笠如獲至寶，這樣一個原特高課高級特工的反正，其價值對中國方面來說不可估量。戴笠果斷地任命林頂立為軍統閩南台灣挺進組組長。年底軍統特工設法在廈門設立祕密電台，自此無數日軍情報從林頂立處匯入軍統。戴笠對林頂立的價值充分肯定，反覆強調林提供的情報只能「被動運用」，絕不主動要求林搜求容易導致暴露的情報。

但是林頂立藝高膽大，做出許多軍統意想不到的事情。他指揮的台灣挺進組不久建立了基隆、金門兩個分組，甚至在鼓浪嶼建立外圍組織「同聲俱樂部」，吸收福建、台灣愛國高層人士，形成鞏固的抗日團體，團體成員逐步控制廈門偽政權各個部門。林頂立還將日陸海軍在東南沿海的佈防情報準確傳送給軍統，包括日軍的佈雷區、軍艦出入港等情況。

抗戰開始，軍統就奉命對日實施經濟作戰。但是戴笠對經濟作戰一竅不通，惟有成立經濟處網羅專家參與。經濟戰天才鄧葆光熟知日本經濟，認為日本在占領區大肆進行經濟掠奪，我方須因應製造大量偽鈔與敵爭奪物資。當時銀行家貝祖貽是軍統在上海的暗線，利用職務之便定期收集日占區各種鈔票交軍統，戴笠下令在重慶巨額仿造，而後通過安徽偷運至日占區搶購各類物資，並用來賄賂拉攏偽軍將領。

戴笠與美國一家專門印制鈔票的印刷廠合作，印制大量假鈔發往淪陷區，僅在日偽統治的華中淪陷區使用的假鈔金額就高達四千多萬，對日偽當局的金融市場予以沉重打擊，加劇了日偽統治區的通貨膨脹。這一招給日軍造成極大經濟壓力，物資大量流失物價飛漲。為此日軍特高課成立專門機構實施反經濟作戰，不斷更改鈔票並增加檢查手法，意圖恢復對占領區的經濟控制。因此軍統的假鈔經常被查獲，而若果偽軍將領使用假鈔，又很容易暴露他們和重慶的聯繫。

但自從林頂立加入後，這個問題就不復存在了。特高課每發現一種新假鈔，或者每策劃一種新的檢查手法，林都能從內部預先獲得消息提前通知軍統。於是軍統的印刷廠可以馬上進行相應調整，使日軍雖然變化萬端，卻依然防不勝防。這套經濟作戰貫穿整個抗戰，它破壞了日本占領區的經濟掠奪，為重慶獲得大量急需物資。

三

鄭總經理說的對，聘請工人的招紙尚未張貼，已經有人通過關係上門來了。非常時期，吃飯是個大問題，到蝴蝶舞廳掙的真銀紙，吃的大米飯，誰不想來？廈門淪陷之前政府號召備戰儲糧，積極遣船到暹羅、仰光等地採購大米，規定商家糧行囤積一定數量糧食。廈島陷落前幾日政府發動船工運送不少大米到鼓浪嶼，因為大量市民湧向對岸暫避。日軍攻陷廈門之後，商業來往為侵略者壟斷，交通受阻糧油輸入頓減，內地國民政府封鎖陸路輸出途徑，民間偷偷在海上交易，民飢嗷嗷。

張天賜九歲就在江湖上打拚，明白先得照顧人家的面子。有位師傅要求帶三個幫工，分明都是托了裡面的裙帶關係，這些人的住家都在市區，除了師傅都不是三行[2]出身的料。真正做事的工人必須親自挑選，幸好後來見工的五位竟然是以前忠厚的夥計，他們家住郊區蓮阪需要為之解決住宿難題。張宅的存料公司付了一筆錢補償，騰空的地方正好收留他們，免得天天來回奔波費時又辛苦。天賜交給方師傅一串鑰匙告知地址，叫他們即時上班，先將所有工具搬來公司雜物房，房子打掃乾淨便可以住進去。至於如何搬運他則不加理會，讓手下自行處理。張先小心翼翼地將所有安排稟報鄭總，獲得同意開始本份地工作。凡事向上級匯報便是尊重老闆，又能為自己謀一立足之地。

工作一年後廈門淪陷，這個階段的張先過著豪華生活。早晨西裝畢挺地踱到大中路，買一份《全閩新日報》夾在脇下，登上喜樂餐廳二樓。廈門以前有幾十家報社，淪陷前紛紛被迫停刊或內遷，此時僅剩這一份中、日文版報紙。伙計認識老客人，來杯巴西咖啡、煎雙蛋、進口火腿、現烤搽黃油的麵包。邊用餐邊瀏覽新聞報導，眼睛看著桌上，耳朵收錄四面八方，腦子琢磨前方戰事及後方動向，經常來此的人都成了點頭之交，不經意地互通信息。

回公司脫下西服換上工裝，簡單交代師傅該做些什麼，捲起袖子以身作則埋頭苦幹。每天從早忙到晚，時間不覺過去兩年，白天蹲工地晚間伏案辦公室，兢兢業業規規矩矩，深得鄭總經理贊賞，助手憨雞尤其敬佩。張經理間或告知小青年回家去換洗晾曬，叮囑他看緊工人莫誤工。助手明白淪陷後的市區經常實行宵禁，夜間不宜亂跑，否則撞在日本人槍口上就麻煩了。經理下午收工前

2 泥水匠、木匠、油漆匠。

回家洗滌是明智的，這段時間他會乖乖地表現自己，並深以上司看重為榮。

在舞廳當差者多不務正業，他們貪圖的是工作輕鬆吃吃喝喝，最好能找個相好眠花宿柳，對著這麼個傻上司，下屬是有些別扭。於是小子費盡口舌拖老闆落水，說做人不容易何必太辛苦，不曉得哪天吃了顆黑子彈……呸呸呸！吐過口水！我的意思是應該今朝有酒今朝醉。為了團結一班同仁，張經理只得勉為其難地應酬，說小伙子說的不錯，咱就圖個好睡眠，夜間開始到酒吧喝兩杯。聽人家東拉西扯，自己似不勝酒力昏昏欲睡。久而久之，來自天南地北的訊息從一隻隻醉貓嘴巴漏出，收集情報不費吹灰之力。

有天默念著大哥的地址叫了輛黃包車，張天賜告訴車夫去深田路。車夫掃了乘客一眼，帶著詢問的目光。市中心到百家村頗遠的路，深田路42號是一座很別緻的別墅，拿自己入行二十五年的眼光去打量，其建築風格跟老城區主流建築大不一樣，既沒有常見的閩南元素也無西洋花巧雕飾，設計可謂大膽新穎。該處是三棟相連的建築群，中間一棟體積最大，最高處三層、左右兩邊二層，兩翼各有一棟皆為二層高的獨立樓房。建築群裝飾面由寬約一英尺的豎向線條組成，排列整齊朝中央逐次遞升，水刷石表面給人管風琴的韻律感。

看到門口掛的牌子，張天賜愣住了。原來這就是聽者心慌的「興亞院」！腦子一動有點明白，菲律賓華僑某人的別墅成為日本人的辦事處。昨晚酒吧一客人告訴他，堂兄在「廈門興南俱樂部」工作，那麼興南即是日本人的俱樂部。張天佑是個老實人，或許因自己的工作環境，見到堂弟有些不好意思。天賜趕快安慰大哥，不就是一份職業嘛，弟弟不也混到舞廳去了！兩人相視而笑。天賜告訴天佑，把家人送回崇武鄉下去全都安頓好了，日後咱光棍兄弟互相照應吧。果然彼此心存默契，打鬼不離親兄弟。弟弟順口告訴大哥，他妹子埋怨親哥沒回去送妹出嫁呢。其實伯父母最遺憾的是兒子未有成家立室，這一句只能留在肚裡不敢說出口。還好，自家有一對孖仔，肯定是家族眾人的寶貝。

其實天賜日日回家去的目的，除了換洗，更重要的是與堂兄交換情報，大哥再將信息交給他的同志。張天佑沒有明言隸屬軍統閩南漳州站，雖然哥哥已經稟報過上級，有個十分得力可靠的兄弟自願成為他們的外圍，領導卻未正式承認，只准兩人單線聯絡。張天佑天天在外面跑，若有情報置一隱密處，折院中一石榴枝為記號插入桌上花瓶。

張天佑任俱樂部廚房買手，每天清早踩一輛改造過加大後座的自行車到關仔內採購，偌大的籮筐固定在後座上。物資供應稀缺，哥哥非常關愛弟弟，向他要了一把鑰匙，有時經過橋亭順手將香煙、茶包、乾貨、魚肉啥的，扔在大廳桌上。私下裡他倆商定，將藥水寫的紙張放在看似並無瑕疵的某處地板下，如要打開需持瓦刀輕輕一撬，放回後用油漆帚子掃去痕跡。張天賜的家不乏工具，連工地上備用的小藥箱都還在，只要取棉花棒沾碘酒一塗，隱形字便現出。

淪陷後的廈門實行保甲制度，隔兩家人住著這一區姓曹的保長。張天賜調查了一下曹氏，此君而立之年，老家漳州豐山鎮，在本村小學任教多年，因混不上校長之位憤而辭職。後經其姐夫介紹一門親事，到廈門結婚並在一家日本小商行做事。張經理主動上門搞公關，告訴地保身乃蝴蝶舞廳物業經理，房子裡住的也是蝴蝶舞廳的僱員，這些人老家在郊區，為了方便生計而暫住。每次到訪手中總有一點煙茶或乾貨相贈，說是感謝關照略表心意云云。果然一向平平安安的，大哥贈送的魚肉菜餚多數歸老方師徒享用。

廈門於民國廿七（一九三八）年五月十日淪陷。日軍佔領鷺島後實行「以華制華」政策，號稱「中國通」的澤重信到處搜羅、收買漢奸賣國賊，為建立偽政權作準備，並由日本海軍緒方大佐、日本駐廈門總領事內田五郎及臺灣總督府小原事務官等十人組成「廈門復興委員會」，於六月二十日成立傀儡政權「廈門治安維持會」。翌年七月一日偽「廈門特別市」政府成立，下轄鼓浪嶼、金門、浯嶼三個特別公署。李思賢為市長並身兼數職。成立之初直屬台灣總督府，後改屬南京汪偽國民政府，實際上由日本興亞院廈門聯絡部控制，興亞院乃日偽統治廈門的最高權力機關。

全面抗戰之初，日寇為早日征服中國，企圖祕密策劃分裂我中華大地，欲在長江以北成立「華北國」，交由華北特務機關長土肥原催生；長江以南則由「支那通」——華南特務機關長澤重信負責籌備「華南國」。一旦成功，新生傀儡組織將取代南京汪偽政府。廈門淪陷前後乃機關長田村豐藏為日方負責人，淪陷後一年多輪到澤重信坐鎮深田路段的興亞院。

澤重信何許人也？此人一八九九年生於日本大阪，在陸軍士官學校畢業後入陸海軍特種訓練班，長期在總部設於台北的「大日本南支派遣特務機關」工作，擔任日軍在中國東南沿海一帶陸海軍特務系統總負責人。一九三九年九月，日特務機關長田村豐藏被軍統特工暗殺，澤重信被派往廈門擔任興亞院負責人、地方理事官、台灣總督府駐廈門囑託、海軍總部囑託、日本亞洲共榮會事務囑託、華南情報部部長等職務，是日軍在廈門的最高指揮人員。

最厲害的是澤重信會一口流利的閩南話，外人根本看不出他是日本人。因其身兼數職行蹤保密，辦公時間及行走路線沒有規律可言，想查探其生活規律便於接近而執行制裁絕非易事。況且他出入時有司機及兩名壯漢便衣保鏢帶短槍護衛。但若不鏟去此酋，不僅僅鷺島抗戰前景十分暗淡，而且影響整個華南地區的抗日鬥爭。於是民國最高當局下達緊急命令，發動一切愛國力量、啟動潛伏內線、增派勇士狙擊手，軍統將以鷺島為戰場，布署一場暗殺行動，不除頑敵誓不甘休。

四

蝴蝶舞廳計畫比原先的規模擴大一倍，裝潢過的大堂美輪美奐，全新的舞臺流光溢彩，除了本地歌手登臺獻藝，時時邀請台灣歌星上來表演，盛況空前。當然慰勞的多是日本駐軍，本地居民區十室九空，留下的不是流氓地痞，就是男人當苦力、女人當舞女。

有一回舞女大班許如是見張天賜吧前獨飲，走過來說，哎呀張先一人多無趣！要不要介紹一位姑娘陪你跳兩圈？人人知曉這女人當紅時找了靠山從良，現在手下控制一班舞娘當媽媽生。侍應生立馬遞上一杯加冰白蘭地。

張天賜借酒意搖搖頭：「我是個大老粗，怎麼懂得碰擦擦？再說我老婆比這兒的姑娘漂亮多了。」

「可是你老婆遠在鄉下，君難道是柳下惠？」

「哪裡哪裡，只要媽媽有年輕漂亮的姑娘，我也想找一個暖被窩！」

「你即是嫌我的女兒人老珠黃啦？」

「非也非也，人隨時光老去是極正常的，潮水後浪推前浪嘛。」

「哦，我明白先生在提醒我：咱這蝴蝶舞廳該換新血了。」

張天賜也不反駁，醉醺醺地碰了下對方的杯子，算是默認。

媽媽動起心思一夜無寐輾轉反側，枕邊男人問她怎麼了。女人索性起床斟了兩杯紅酒，說你勸勸林滾大哥，既然擴建這場所錢花去不少，何不想辦法掙回本？眼下舞孃不足，有的年齡嫌大，是該添添新人了。咱能不能去台灣選幾個少女來撐場面？硝膏德覺得有道理，喝下酒落力溫存一番，贊女能人有見識，明天找大哥獻計，就這麼定了。

林仔滾聽罷大喜，說我過兩天去台灣，叫如是一起走吧，人得讓她親自挑選，回來還要靠她培訓，玉不琢不成器，人不教不識禮。許如是非常開心，不僅獻計成功而且將赴台灣當伯樂，這一來自己的地位更穩固了。心底下倒是對張天賜佩服得緊，日後頗另眼相看。

過了海峽女人無心去遊玩，夜夜陪大老闆上夜總會，企圖借鑒人家的經營方式。本來試圖挖人牆腳談一個當紅花旦過來，無奈對方索價太高而放棄。許如是安慰老闆：「只要找來素質好的雛兒，相信我會將她們調教好。」於是陸續有人送來十六七歲的姑娘讓她過目。許如是憑藉多年經驗，從容貌、身段、聲線、談吐、走姿，各方面一一細心觀察。首要不能有狐臭，沒有男人歡喜這騷味。其次淘汰性格太剛強者，這類女孩不易受教。終於挑出四位簽了約，依次名為牡丹、玫瑰、水仙、櫻花，都會講流利的日語、台語。

牡丹年方十八，鵝蛋形的輪廓，眼睛大大的，體態豐盈人有些疏慵愚鈍，不過頗像棵春睡海棠，且聽教聽話惹男人垂涎。玫瑰擁幾分驕矜氣質，彎彎的眉毛長長的眼睛，身材高挑皮膚白皙，長項乃舞藝超強，華爾滋、狐步、探戈、倫巴，一學就會，最招自詡舞功高強的年輕客人。水仙水蛇腰身段，風擺弱柳般的外形，擅長言談善解人意，頗有纏人的軟功夫，再嚴肅的男人也無法抗拒她那嬌嗲。櫻花更為特別，小巧玲瓏渾身上下充滿靈動感，加上一口非常地道的日語，誓必迷死那些東洋人。

回到廈門，媽媽花大半年時間親身督促女兒從頭學起，包括化妝、穿衣、走路、唱歌，時興的舞步都必須跳的爛熟，尤其要學會接待尊貴的客人，以及懂得應付某些無賴。當然提醒女兒們不用害怕，這裡是什麼地方，有經理和巡場保護，想死的才敢亂來，媽媽也在身旁看住呢。新人出場的那天正是新舞臺開張之日，攝影師拍下的美人照上了報紙娛樂版，大收廣告之效。林滾十分滿意，邀請名流剪綵，鎂光燈下難掩志得意滿。

心儀的客人獻上一札札鮮花，同行的花籃擺滿整條街，四個新人輪流上臺致謝。許如是果然有眼光，女兒們非常出眾，簡直把其他舞廳冷落了。櫻花姑娘收到的禮物尤其多，櫻花本被視為日本國花，蠻有日本人的情意結，她的嬌弱體態和柔情似水吸引不少日本軍人的眼球。曲終人散之時，媽媽親自將櫻花帶到張天賜面前。姑娘乖巧地鞠躬：「多多關照！」許如是對似乎在打瞌睡的男人曖昧一笑，張先立刻酒醒，揉揉眼睛臉孔漲得通紅。

櫻花比那三位更可愛更走紅。也許有點恃寵生驕，姑娘敢於提出各種要求：比如出遊鼓浪嶼、爬虎溪岩白鹿洞、觀光湖里炮臺，不過這也不是啥了不起的舉動，無非貪玩而已，姑娘可能忘記此乃非常時期。林滾手下的姑娘們都輕易地獲得通行證，有時結伴花枝招展過海到鼓浪嶼看風景，輪渡上檢查的警察並不為難。櫻花的笑容令邀請作陪的男士無法抗拒，某些人更是求之不得。但女孩是有要求的，她希望陪同的男士能襯托出才子佳人的效果，心下屬意張天賜卻從未如願，因為張經理白天工作太忙，兩人的時間互相顛倒。

太平洋戰爭之前鼓浪嶼的教會照常開放不受制約。張天賜曾與櫻花聊天，告訴她自己的信仰，坦言也想挑一個主日到三一堂做禮拜。應付一下舞孃是需要的，他明白一味推諉令櫻花難堪，許如是更會質疑：世上哪有不偷腥的貓？男人需要有廣闊的胸襟和瀟洒的風度，不能過於孤高。但為保險起見，事先還是得先稟告許如是，等於間接獲得鄭明德首肯。媽媽果真請示了相好，硝膏德說可以啊，正好替我帶一封信給黑貓舞場的哥們兒老蕭。

挽著美人臂膀的男人表面上陶醉，內心卻十分警省，廈門這邊渡輪碼頭布滿暗探，持槍警員細心檢查來往乘客。幸虧考慮周密打了「預防針」，老闆的私人信封附有蝴蝶舞廳名片更是一道護身符。張天賜表面上欣賞鷺江風光，冷眼旁觀櫻花的一舉一動。在教會唱詩班和婢女救拔團與女性有過不少接觸，外表粗獷的男子心思縝密，他總覺得這女孩論年齡與實際不甚協調，恐怕非一般人物。櫻花很有興緻地到處參觀瀏覽，並借此主動認識張經理的主內弟兄姐妹，一天內便可與生人混得十分熟絡。

張天賜曾經聽堂兄說鼓浪嶼有個「同聲俱樂部」，參加的都是上層社會的人，他倆只能嚴守紀律不打聽及摻合其他組織活動，後來方知曉此乃某同志借英華舊關係發展的抗日外圍組織。櫻花那小妮子對這個組織似乎頗有興趣，一再旁敲側擊，張先推說自己不懂政治不曾耳聞，況且隔著滔滔鷺江，兩個島嶼互不來往。上帝只有一個，去哪家教堂崇拜都一樣，遺憾的是當今廈門的禮拜堂全被封閉。也許自己想得太多吧，不輕易相信人是特工首要做到的，否則不僅自己命在旦夕，還會連累許多人。

也是後來櫻花失蹤才猜測到的。有個星期天櫻花對媽媽說去南普陀上香，張先乃基督徒當然不會作陪。然而掌燈時分女郎卻沒回來，她的不少恩客等得不耐煩幾乎鼓譟，直到打烊仍不見佳人芳蹤，令媽媽一宿未眠。蝴蝶夜總會突然少了個當家花旦，老闆能不心急地去報案，瞧哪個流氓惡棍敢在老子頭上動土？初時林仔滾氣憤填膺大聲疾呼，責成警察局出動人員到南普陀搜山，終被高人一語驚醒夢中人，險些闖出大禍倒吸一口涼氣，聲氣漸漸降低，直至再無聲息。

張天賜畢竟有同情之心，心下惴惴不安，悄悄約會堂兄告知此事，意圖瞭解真相免受牽連。張天佑打聽到興亞院內部消息，說廣州日本特務組織中有個女間諜中了戴笠的美男計，鬼使神差地愛上一軍統派遣入穗的青年特工，熱戀中的少女常向男友洩露重要情報，致使日軍行動屢遭挫折。之後日本特務機關內部展開嚴查，可是女特務剛接受新任務返回台灣，後來又在台灣獲通知派駐廈門，因而懵懵懂懂落入澤重信手中。姑娘知道扛不過自己人那一套嚴刑拷打，要求自願招供後給予組織處分，遂被澤重信派員祕密槍殺。

果然證實之前的懷疑是正確的，與女特工有聯繫的若干軍統周邊人員都被捕。張先慶幸自己非好色之徒，也許小時關羽千里送皇嫂的故事常繞心深處。兩兄弟預感接下來的一浪波及將更大，人人要作犧牲準備。澤重信根據審訊記錄，肯定廈門暗藏著中國方面重要的特工機關，決定順藤摸瓜投入力量予以偵破。本來以日軍的辦事效率和澤重信的能力，作為軍統間諜的林頂立在劫難逃，然而不幸的是澤重信錯找林頂立來認真商討此事。

烈火即將燃燒到自己身上，林頂立本能的反應是迅速逃跑，即與軍統局閩南站負責人陳式銳商議。戴笠得到陳式銳通報後，認為林頂立潛伏敵人心臟的價值很大，放棄過於可惜，決定殺澤重信保護林頂立繼續工作。他派出漳州站長期潛伏的兩名特工，下死令限期暗殺澤重信。戴笠電陳式銳曰：「此一敵酋若不及早加以制裁，將來羽翼豐滿了，不但華南半壁均要淪入敵手，則整個抗戰前途受影響至深。」

形勢極為險峻，好漢林頂立於關鍵時刻鎮定自若，將澤重信準確的活動規律提供給行動隊員。由於此君常去蝴蝶舞廳飲宴歌舞，特工決定找機會在此處下手。一名叫蘇群英的男人曾在蝴蝶舞廳當帳房先生，後來出去做生意經營不當失敗，委託林頂立向林仔滾求情重新入職。林頂立與林仔滾是拜把子弟兄，自然一說即合。蘇群英人緣本來就很好，重操舊業後與老同事合作愉快，在蝴蝶舞廳潛藏下來，專門負責刺探情報，配合即將到來的大行動。

第六章　復土血魂

一

淪陷前的廈門海域屢遭日艦炮擊和日機轟炸，漁民、農民都失去生計。方師傅早年在建築業打工，無奈公司沒有生意老闆結業，他和幾位徒弟轉行拉板車和人力車。今次見蝴蝶舞廳請人，心想沒有人脈關係又無錢送禮，被聘用的機會渺若煙雲，碰碰運氣而已。不料見到的是多年前的張老闆！在他的心目中，張天賜追隨許長老歸依基督，應該是個高尚的人，豈知竟然在這種地方替漢奸做事！轉而再思索，自己不也來漢奸經營的場地討生活？繼而也就心平氣和接受安排入住張宅。

他們師徒幾人初時帶了一點鹹菜、地瓜，早晨煮蕃薯吃了上班，中午、晚上公司供應芥菜飯或高麗菜飯，任君吃飽。方師傅是個厚道人，指揮徒弟收拾兩個房間，人人自帶鋪蓋席地而眠，主人房從未邁進。託辭地方不靖，上司一再交代，夜間盡量留在屋內別亂跑。張天賜夜間不曾回來過，亦很少與他們交談，難道不願與屬下相處免得尷尬？

張經理幾次三番將食品放在廚房，他本人又不回家做飯，顯然是給夥計們的。老方也就不客氣指揮手下煮來加菜。一年多未嘗葷腥味，幾雙筷子大快朵頤不亦樂乎。然而主客從不提及，他們僅僅保持工作上的關係。當日本領事館奉命撤出廈門，日僑民似乎接到內部通知紛紛回國時，表明局勢越來越緊張。試問正常的中國人能沉得住氣嗎？

堂兄告訴弟弟，有個組織名叫「廈門中國青年復土血魂團」，成員大部分是船工、小販、宗教界人士及社會青年，約一百多人。「血魂團」內部組織嚴密，每五人編成一組，有的一早潛伏，有的以難民形式回到廈門本島，或製作、散發宣傳品，或打入敵軍內部截取情報，進行破壞活動。

他們都有些什麼活動呢？一九三八年五月九日夜晚，廈門各界人民舉行「五・九國恥」紀念，人們高舉火炬遊行，反日口號響徹雲霄，集會進行到深夜方結束。這遊行活動又怎能少了方氏師徒？可誰又能想到，遊行的火炬剛剛熄滅，日本人進攻廈門的戰火隨之燃起。

就在五月九日這個深夜，日艦隊利用農曆初十的月光潛入禾山五通海岸外。十日凌晨三時許，弦月隱沒大地一片漆黑，海水退至最低潮，日軍山崗部隊分乘登陸艇，先涉水登上淺灘埋伏。繼而海面出現三十多隻炮艇，以密集的火力掩護士兵強行登陸。時駐浦口前線陣地僅有八十多人，阻擊約半個小時不敵，岸上官兵殉難。日軍遂佔領灘頭。

另一支侵略軍志賀部隊，則於凌晨四時強行登上五通鳳頭社，進逼國軍陣地。五時許，七十五師參謀主任率保安隊和壯丁隊趕到增援，與日軍展開激戰。日籍浪人引導日軍避開正面火力，繞道從他村進佔高林、田頭公路。日軍出動飛機助戰，俯衝掃射我方陣地，守軍除營長和六個士兵突圍，全部犧牲。

日軍改以福島部隊接替志賀部隊承擔主攻任務，猛攻呂厝，向蓮阪推進。佔領何厝、前埔的山崗部隊進抵江頭，與福島部隊會合夾攻蓮阪。守軍在蓮阪與敵人血戰近三個小時，因彈藥不繼後撤，入夜一度克復蓮阪。惜終功敗垂成，被圍官兵自殺殉國。尤為可恨者，敵軍未攻入市區，不少建築物上升起太陽旗……

郊區家園已遭焚毀，親人幾乎無一生還，不報此血海深仇誓不為人！醒目的張經理一早發現方師傅等人不簡單，懷疑他們就是「復土血魂團」成員，夜間似常有行動的跡象。晚上他便從不離開公司，以「隻眼開隻眼閉」為上策，先讓堂兄請示上級，不到需要的時候不能隨便動用這支力量。

五個月後的一九三八年十月八日中秋節。往年的今夜，萬家燈火遊龍戲鳳，家家戶戶慶團圓。今年中秋夜鷺島處處愁雲慘霧，連月亮也被層層雲翳遮蔽。可是無恥的侵略者強迫百姓集合到中山公園，舉行所謂慶祝勝利活動。臺上高音喇叭播放著日本軍人歌曲，臺下台灣浪人和日本妓女搖旗吶喊，紛紛擾擾沸沸揚揚。

某漢奸正欲上臺發言，突然有人朝臺上扔去兩枚手榴彈，一枚即時炸開了個洞，臺上桌椅飛上天；一枚還在臺上滴溜溜轉，接著滾落臺下前排開了花。剎那間彈冠相慶的日偽血肉橫飛，鬼哭狼嚎四散奔逃，慘叫聲蓋過高音喇叭，慶祝會瞬間遂成送葬會。當然鬼子不是吃素的，報復手段相繼而來，反抗鬥爭也越發加劇。

中秋僅僅過去十一天，日方驚魂未定，日本人的喉舌——《全閩新日報》社受到鋤奸團手榴彈的襲擊，報社內的日偽人員有死有傷，機器設備嚴重損毀。接連兩次手榴彈饋贈大快人心，重重殺下日偽政權囂張氣焰，令侵略者風聲鶴唳，惶惶不可終日。

一九三九年六月，初夏的鷺島十分悶熱，大氣層凝聚著令人窒息的空氣。這一天傍晚時分，任廈門日本特務機關長的田村豐藏心情頗佳，在幾個日本衛兵的簇擁下，往民國路西庵宮附近到處遊逛。突然斜刺裡一梭仇恨子彈猛射過來，敵寇當街中彈斃命。這個日本在廈門情報、政治、經濟部門的負責人，策動日寇侵略福建的主兇，天天為抓捕抗日志士絞盡腦汁，最終成為反抗者的槍下鬼。

淪陷的廈島頓成恐怖之城。一而再地受到挑戰，日本特務機關手忙腳亂，在全市範圍大肆搜捕並無斬獲。他們唯一能做的是向淪陷區的無辜百姓報復，殘酷殺害手無寸鐵的農民。「血魂團」在廈堅持了一年半的鬥爭，完成其歷史史命，領導指示團員於一九三九年十月撤至漳州。

當方師傅坦誠地告訴張經理，他們見工作差不多了，打算設法去內地找事做，張天賜完全明白且贊同。像剛來時一樣，交代他們將工具和小推車送回張宅，一定要叫人過目，絕不能拿公司一絲一毫原材料。轉而向鄭總陳述：蝴蝶舞廳的基本工程業已大功告成，剩下來的無非修補趟平、粉刷油漆，本人可以應付得來，是時候裁去這些師傅和工人，減輕公司開支。鄭明德非常贊賞張經理的厚道，便通知帳房計清工錢遣散這批三行工友。

二

一大早張天佑依舊踩著他那綁上大竹簍子的腳踏載貨車到菜市場採買。選購了豬肉、牛肉、蝦、蟹、蚵仔和一應蔬果，遠遠地跟漁行老闆打個招呼，跳下車泊好，從身上掏出皮夾拍到魚案上，摸出一包哈德門香煙。恐怕煙潮了吧，摸出身上錢包將煙擱在上面，爾後抽出一支含在嘴裡，卡擦一聲點燃打火機；再抽出一支對過唇上的火，笑嘻嘻地遞給漁行老闆。兩人吞雲吐霧之際，腳步輕輕地走過來一個衣衫襤褸的孩子，迅速取走案上錢包遁去。待老張醒悟過來大喝一聲「死囝仔[1]」追上去，市場人頭湧湧已不知去向。就是追到人又怎樣？東西已然過手！

這條大石斑的錢就得賒了，老張苦笑。回到百家川，邊記帳打算盤邊向同事訴苦，謂今天晦氣被偷了錢包，手上這條魚還欠著人家錢呢，幸虧大部分菜都買了，裡面的錢不是很多。晚飯後邊收拾檯子邊向大內（總管）匯報，被小偷光顧丟了錢和證件，明天出不了門，您老找個人代替一下。大內說，哪有人來頂替你，馬上叫人給你做一張證件，不過得有照片。老張說，舊照片可能有，待我找一找。他隨即找來一張老舊的單人照，該是早些年入職那會兒影樓給拍的。大內搖搖頭嘆氣，湊合湊合吧。惟恐買手明早上不了街，當即告訴他自己趕著開會，已經對人事部門劉小姐說好今晚替你做良民證，胖姑叫你別害羞直接上門找她，然後對手下眨眨眼奸黠地一笑。張天佑傻乎乎地沒能領會，您老也忒緊張，我就想大睡一天嘛。想的美！

興亞院沒有美女，唯一的日籍台灣女郎人前稱其「一枝花」，人後叫她「胖姑」。說是秘書吧沒多大能力升不上去，說打雜吧人家幹了好多年勤勤懇懇。女人到了一定年齡嫁不出去，難免成為

---

[1] 臭小子。

男人的笑談。當然，漂亮的女人另作別論。「一枝花」因貪吃壞了身材，稀薄油膩的鬆散褐髮、滿月型的渾圓大黃臉盤、走起路來前面波濤胸湧，挪動下盤小山丘般的坐墪。男人在她身旁一立不覺縮小半尺，哪個敢色膽包天湊上前？

張天佑打起小九九，今晚怎樣應付那胖姑。貪吃的人送美食絕不會錯，至於其他，若萬一需要，獻身也是必須的。他在房內搜索一陣，只有兩包UCC，拎一包揣進懷裡上樓敲敲美女的閨房門。喲，難得張大哥來拜訪。大內沒對劉小姐說我的事？你們男人真是奇怪的動物，同事之間沒事不能聯絡感情？劉小姐說笑了，我這鄉下出身的大老粗，一腳牛屎也配與小姐談感情？我是女人，你是男人，怎麼就不配談感情？請坐吧！

大內說你在市場丟了錢包？這不走背運，賠錢又要搞證件，你看我這張照片可以嗎，再去照一張得花多少錢，還得等好些天。說罷送上那張發霉照。哎呀，張大哥人這麼帥可照片差的遠！邊說話邊黏貼再打上鋼印，道是沒關係，只要不犯事哪個會仔細去辨認，用的時間久人頭自然就模糊了。那好，先頂著用以後再補做一張，謝謝劉小姐。此時張天從摸出UCC揚一揚。上島咖啡！胖姑驚喜不已，露出貪吃本相。難得異性上門搭訕，又有高級飲料品嚐，姑娘馬上從抽屜取出鋼筆墨水，急於完成公事好作私聊。

「讓老哥先鑒賞一下，是不是有別於舊款。」張天佑伸手截下紙來照著檯燈細看。

一份厚紙從中間對折，外頁左半邊為彎彎的幾個字：福建省廈門市，中間豎寫三個大大的「良民證」；右半邊「昭和××年×月×日」印上豆腐大的紅色公章。內頁左半邊上半頁剛剛貼照片蓋上鋼印，下半頁空白予人按手指模。右半邊從右到左依次是：身分證明書（第×××××號）、姓名×××（男、女）、原藉、現居所、職業、出生×年×月×日共六豎行。×即留白待填寫，只有左下方發證單位及簽名為印刷字。

「我說劉小姐你讀的西洋文講的東洋語，這中國字還是讓老哥磨墨自己來吧。」

「張大哥嫌我中文不好吧。」

「哪裡，哪裡，老哥老古董喜歡毛筆字。」

「好吧，那你等下慢慢去研墨洗筆吧，現在咱打算怎樣品這一杯，既無奶也無糖。」

「我那兒有煉乳可以吧？」

「好極了！走走走！」胖姑立即將身分證明書塞入男人懷中，推推搡搡急於出門。

張天佑打開房門找出一罐煉乳，卻摸摸腦袋瓜問一枝花：「用什麼煮啊？」

胖姑答：「是啊，咱哪有咖啡壺？除非用酒精燈代替！」

「天哪！我明天一大早就得出去，喝咖啡睡不著覺，不如姑娘自己解決吧！」張天佑聳聳肩作無奈狀，將煉乳送到對方胖嘟嘟的肉手中。

「那我明天向大內借咖啡壺！謝謝大哥！」美女倒是興奮不已。

……

不知不覺地，方師傅他們已經走了將近一年。張天賜深深感到年來自己的孤單無助，即便雙方從未談及敏感話題，卻是心有靈犀。白區工作的嚴峻需要這樣做。現在舞廳不必聘用建築工人，經理自動兼做三行工人：修理桌椅、粉刷牆壁、油漆窗戶、拉電線、檢查自來水管換龍頭，一天到晚默默打雜，連硝膏德都不好意思，說先生大材小用了。不是咱恭維，蝴蝶舞廳養的全是吃乾飯的夥計，就張先最實幹！張天賜急忙拱手謙讓：鄭總千萬別這麼說，咱可受不起！

而今物業部不僅不再需要助手，他這光桿經理也不好意思佔用太多地方，晚上時常回橋亭家去睡。張天賜在車後座上加了塊木板，方便置放購買的原材料，不再需要差遣他人。憨雞那小子長成二十大幾的男子漢仍到處遊盪，自行車上午時間都是他的坐駕，不過下午會識相地不敢動用。今天張先照例懶洋洋地蹬車回家，每天都髒兮兮的，一身木屑洋灰。打開大門瞧見大廳八仙桌上的石榴花，桌面有東西，知道堂兄上午來過，急忙拉上門想找更重要的對象，卻聽到背後有人喊：張經理！原來是曹保長，差點嚇出一身冷汗。

強作鎮定將曹保長讓進屋，說我剛回來還沒燒熱水，沒法請您喝茶。不客氣！不客氣！您的工人都搬走好幾個月了，沒有人再住進來？曹保長您有所不知，公司大工程完成小項目自己做，哪還會再請工人。對啊，世道艱難能節省就節省，找事做不容易，做生意更困難！曹保長真是明白人。張先您放心，即使這屋子白天沒人在家我也經常替您看著呢，晚上巡夜時則順便望一望，就怕小偷小摸爬進來，你一個人睡沉了不安全。真是感謝您！

張天賜睨視曹保長目光掃向桌上的東西，假裝不經意才想起來：您看我顧著說話沒留意，瞧我哥給送什麼來了？掀開桌上蓋籃，大海碗內一條鹹水草扎著塊三層肉，曹保長的眼睛放光了。嘿嘿，我大哥在興亞院做事，時不時給小弟補充點油水。如今工人走了，我又不常開伙，老曹您一家老小的，不介意拿回去吧，孩子們長身體需要營養。那太不好意思了，一向吃您的東西。自己人見什麼外，我渾身鋸末癢癢的，得燒鍋熱水洗一洗，您瞧這身衣服髒死了。好，好，再見！

好不容易擺脫曹保長，今天特地提大哥在日本人那裡做事，明知對方早知曉，但這種人應該再嚇唬他一下。看來姓曹的有些留意堂兄的來訪，但願只是貪心而非有所懷疑，以後應更加小心才是。或者改變一下交換情報的方式，盡量不留字跡為上策。關上大門仔細望望屋頂四圍，踅到工具間找把瓦刀，進房打開所有櫃子再探頭床底下，見一切穩妥才撬起那塊方磚。

一張包著報紙的空白身分證赫然顯現，還有一張銀票，諒是給進城同志預備的。塗過碘酒見薄薄的煙紙上畫著一隻飛鷹，張天賜立即明白下一步該怎麼做，馬上將紙張燒毀裝點好地方。他有些疑惑，大哥本來就會畫畫？還是身邊的同志畫了交給他？新來的司帳蘇群英先生很友善，偶爾撞見彼此點頭一笑。張天佑曾囑咐過：蝴蝶舞廳來了一位同志，即將執行特別任務，記住接頭時的兩句暗語，屆時對上可將東西交給他。

上午整理物料單據，點數發票打過算盤，張先摸出皮夾一瞄，發現裡面鈔票已不多，遂將一沓票據放入紙公文袋，裡頭早已藏匿那張夾著銀票的良民證。這個時間除了隱約傳出撥打算盤的聲音，周圍沒啥動靜，他便信步朝帳房走去。以前裡屋煙霧繚繞空氣污濁，算珠子上下撥動充斥耳膜，蘇先生回來增添了一絲清雅作風。只見進門處一盆竹子青翠欲滴，茶几上玻璃缸內游動著五顏六色的金魚，令人眼前一亮，忘卻此乃銅臭之地。司帳蘇群英灰色長衫、白襪、黑布鞋，見有客到停止算珠的滾動，摘下眼鏡笑眼迎人。

張天賜自顧自欣賞那盆綠竹，一板一眼吟詠鄭板橋的《竹石》：「咬定青山不放鬆，立根原在破岩中。」

帳房先生有意無意地搖頭晃腦：「千磨萬擊還堅勁，任爾東西南北風。」

「原來蘇先生也喜愛竹子之不俗！」

「見笑了，鄙人尤喜肉食！」

互相幽默兩句，來者遞上紙袋自嘲：「無竹令人俗，無肉令人瘦，無錢日子真難過！」

司帳摸到袋中的牛皮紙會心一笑，取出發票架上眼鏡一張張過目，劈里拍拉打起算盤，核對後讓對方在帳簿上畫個押，當面點清鈔票如數交予，回聲張經理辛苦了。兩人再無對話。

三

自從櫻花失蹤，硝膏德散佈「婊子跟人跑了」的言論，明令夥計們不要再提及。略為知情者曉得老闆欲蓋彌彰卻噤若寒蟬。為了面子上的光彩和蝴蝶舞廳的光環，許如是讓硝膏德出面撬他哥們兒牆腳——高薪挖鼓浪嶼黑貓舞場一妙齡女郎過檔。然而人家不肯放人，卻拋出條錦囊妙計，問他有無本事。

據說琴島有一大家閨秀名叫黃鶯，其人乃毓德女書院高材生，因父親在南洋斷了匯水，想找份工作供養母親。舞小姐她是斷不會幹的，指望做家庭教職教英文和鋼琴。只是當今請得起家教的有幾人？姑娘到處碰壁後面對現實，鬆口願意降低身分，到娛樂場所彈鋼琴幫補家用。蝴蝶舞廳生意紅火，駐地日軍幫襯的多，晚上夜總會全場歌舞，白天飲宴可以彈琴助興，是不是？老哥不會指點你走錯路。

鄭明德被說服，特地與老相好過海去喝咖啡，果真一眼相中這位二十芳華少女。其人渾身上下洋溢著貴族氣質，身形纖纖予人弱不禁風之感。黃鶯提出的條件是哪怕夜間在公司也絕不陪舞，如果心情特好為了放鬆自己，也許偶爾落場玩兩下，舞伴係個人屬意，誰也不能強迫。言下之意乃有時可能給老闆一點面子，也令眾人賞心悅目。應其要求，林仔滾向新街禮拜堂「借用」一座鋼琴，預期白天這裡雖然沒有歌舞卻飛揚優美的琴音。

張天賜見舞廳擺了一座鋼琴很不以為然，竊笑了好一陣，不曉得這些土鱉唱的哪一齣，心中牽掛的是新一仗何時打響。他一向不遲到，踏著那輛用了四年的車子，換過零件又保養得好，蠻可以的。每天清晨從橋亭騎到大中路喜樂咖啡館享受那份西式早餐，一份報紙從頭到尾一字不漏，包括廣告看完才肯走。到店鋪買了螺絲、鐵釘、電線、保險絲什麼的才上班。以往多數人都是中午才報到，現在舞廳改變經營作風，廚房和酒吧中午都做起生意，上午上班的人多起來。

思想開小差車把手一歪差點在門口撞上人，幸虧腿長兩腳一點地急剎住，人是沒撞倒，卻把人家慌得東西掉了一地。張天賜立刻將車泊一邊，蹲下去撿那一大沓超過十六開的簿本。原本不識西洋文卻不經意地打開書。呵，裡面並非雞腸全是豆芽！在唱詩班浸淫多年，雖然當不成傅萊，一般的曲譜倒難不倒，都是些西洋樂曲，有莫札特、巴赫、蕭邦、貝多芬、舒曼等等。他不禁仰望這些樂譜的主人，呀，多標致的一位女郎！腳上白皮鞋白襪子，往上蕾絲邊素白長連衣裙，除了梳成油條狀的黑髮，髮夾乃貝殼色。諒是趕去上課的中學音樂教師。來不及道對不起，許如是的嗓門亮起來。

哎喲！黃小姐上班啦！歡迎歡迎！來，我給你們介紹一下：這位是新來的鋼琴師——音樂家黃鶯小姐，這位是物業部經理——能工巧匠張天賜。肇事者本想說抱歉，被媽媽生的挖苦一下子囧住。黃鶯見男人臉都紅了，忙岔開話題，說許姐謬讚我可不敢當，我才是個琴匠！張先捧著那些樂譜有些僵，幸好許如是打發他：人家黃小姐還等你快點裝潢好休息室呢，忙去吧！於是行了鞠躬禮溜開。

媽媽讓新人試琴，滿心以為黃鶯會贊美鋼琴音色美，不料對方毫不客氣地回答鋼琴走音，告訴對方要叫調音師來調音。去哪找調音師呢？土包子應付這等高雅的事有所為難。黃鶯說，這座城市有多少家學校就有多少座鋼琴，打探一下就知道唄。那好，馬上叫人去問去請。許如是曉得讀書人率性，眼前這兩位都是「人才」，不能用治舞小姐那套，自己也算半個上司，要有「禮賢下士」的風度。

放建材的房間兩個月前被改過來，想不到要給黃鶯用，早知工夫做仔細點，修飾文雅一些。估計她跟自己一樣，上日班的不必等亮燈就可以去用晚餐，不過颳風下雨一定得住下。這麼斯文的女子來娛樂場所做事，真夠大膽的，竟是有所佩服。教會學校的女生都信主，身為男子漢，關心主內姐妹是應該的。平常很少胡思亂想，今天對一個素不相識的女性產生這麼多念頭，真是奇怪。

伴著鐵鎚的敲打聲，琴聲也響起來，調音師很快上門完成工作，黃鶯自如地擊打鍵盤，一個個音符飛出來。樂韻在蝴蝶舞廳盤旋迴盪，令張天賜十分陶醉和贊賞。黃小姐果然依手中琴譜，奏起一首首西洋樂曲。我是她的知音，鄭明德、許如是們呢？他們會肯定她的琴藝（實際上一點也不懂），廈門比不得鼓浪嶼，懂音樂的有幾個？自己彷彿有義務提醒黃鶯，怎樣做得更好。可是憑什麼要提醒她呢？倘若她是自己人又不同了。又胡思亂想了……

就快下班了，明天買牆紙貼上去，再裝上電線就差不多了。他突然靈機一動，找到約會的借口。正巧許如是帶黃鶯來看房間，再次令能工巧匠笨嘴拙舌。黃小姐看看這房間還滿意嗎？有什麼意見和補充快跟張先提提。姑娘看了看換上工人裝的張天賜，覺得他年輕了好多，大概屆而立之年吧？早上穿西服就老成多了。很不錯，張經理辛苦啦！姑娘客氣，鄙人乃三行工匠，這是我的本職工作。我正想問黃小姐，明天上班前方便一起去選購牆紙嗎？好的。那麼明早喜樂咖啡屋見吧。一言為定。

今天怎麼啦？心跳得這麼厲害，人就像要從車子上飛出去似的。屆四十歲的人竟此等輕浮！按捺住一再提醒自己，一雙兒子已經十歲，早過了荒唐的年紀，羞恥！可是臉色通紅一身的燥熱，需要趕緊回去洗濯，從外到裡，包括軀殼和內心，如果腦子能洗最好也洗乾淨。

大哥躲過曹保長的貪婪之眼來過。桌上石榴花開放，UCC上島咖啡和煉乳各一放在廚房不顯眼之處，趕快將之收藏櫃子內，免得又落入狼口。老地方一張薄薄的捲煙紙，搽上碘酒顯現的是一幅小畫：樹枝上站立一隻張口啼唱的小鳥。他突然醒悟而大喜過望，堂兄關照他的兩句暗語即刻湧上心頭。怪不得今天的感覺那麼怪異，覺得兩人已經相識很久很久。

早起刮乾淨鬍鬚頭髮上點蠟梳成小分頭，照照鏡甚覺不滿意，即刻倒熱水洗過，拿毛巾抹乾用手撥鬆散。套上一件藍色工裝褲，藍色「單調西」裡面是灰色圓領T恤，腳下灰色球鞋。不著襯衫不打領帶不穿皮鞋，對鏡自顧整個人看似小了十歲。古派者會認為他不倫不類，年輕的或贊賞他領導潮流。張先確實從來未曾如此刻意地超群脫俗。如常夾一份報紙上喜樂二樓，坐在靠窗的二人卡位，眼睛盯著報紙，心裡克制不住卜卜跳。侍者問張先生照舊嗎？張先抬頭難抑笑意道：我等人。

看了一版報紙，傳來高跟鞋上樓的腳步聲。女郎姍姍來遲，與昨日裝扮不同之處在於衣物全改成天藍色。粉臉上彎彎的眉毛、長長的眼睛、薄薄的胭脂、淺淺的口紅。張天賜站起向她招手迎入卡座。侍應來問所需，女客點了燕麥片和牛角包，張先說照舊。

俟侍者走開，張天賜向對座探過頭來，深吸一口淡淡的茉莉花香，陶醉般地目迷一番，附耳語：「昔我往矣，楊柳依依。今我來思，雨雪霏霏。」

黃鶯略皺眉頭答曰：「行道遲遲，載渴載飢。我心傷悲，莫知我哀！」[2]

黃鶯透露她來蝴蝶舞廳的目的是協助一位將要到來的同志，具體情況並不清楚，希望張先幫助她穩住陣腳。張天賜想說本來就這麼打算嘛，只是現在談工作不宜開玩笑，於是收斂輕浮舉止轉為嚴肅。

2 《詩經・小雅・採薇》。

「黃小姐能不能以西洋樂曲為主，適當插入一些流行曲，這一來吸引力更大效果更好。」張先試探地提議，畢竟自己是外行。

「張經理的建議很好，不過流行曲沒有琴譜，怎麼辦呢？」

「不如聽聽唱片記下簡譜，彈奏時隨心所欲地發揮，那樣更自然。」

「原來張先生是內行。」

「豈敢，班門弄斧。」

「好吧，且試試。請在我休息室多駁兩個電掣，方便播放留聲機。」

兩人用過早餐一起上街買牆紙，幸虧主人親自來挑，女人與男人的眼光可不一樣。依張天賜先前的主張，女人愛花哨，會喜歡有艷麗色彩的，豈料黃鶯卻鍾情素色無華，說國難當頭宜素淨。原來如此，怪不得一身雅淡！張先要了桶淺色油漆，用來油窗戶和桌椅。挑了頂燈、檯燈、床頭燈和幾個插座，通統放在自行車後座，兩人漫步而行。

四

下午時間的蝴蝶舞廳果然興旺起來，名人或團體紛紛前來訂檯吃飯，琴師功不可沒。黃鶯每天都借一張唱片回家，夜晚聽過寫下樂譜，反覆練習幾遍。第二天仍以西洋樂曲為主，適時加插支流行曲子，讓老闆大吃一驚，連經過的人也禁不住駐足傾聽。打後不少流行小調相繼由鋼琴家演繹出來，黃鶯的名字不徑而走。林滾親自過來欣賞，吹噓得圈內外盡皆聞知。

幾個月的努力，黃鶯駕輕就熟，除卻自小練就的童子功西洋樂曲了得，而今轉攻周璇名曲，間或來一支「採檳榔」，雖是純音樂，歌詞人人會，馬上有人跟著琴聲唱起來：

高高的樹上採檳榔
誰先爬上誰先嚐
誰先爬上我替誰先裝
少年郎採檳榔
姐姐提籃抬頭望
低頭又想他又美他又壯
誰人比他強……

過門時彈奏者陶醉在旋律中，不經意地抬頭望，近處一雙眸子閃著星一般的光。她急忙收回視線，改換莫札特的宮廷音樂。

有一回彈奏「月圓花好」，許如是恰好甩著手絹走過來，站在鋼琴旁即場演唱：

浮雲散明月照人來

團圓美滿今朝最
清淺池塘鴛鴦戲水
紅裳翠蓋並蒂開
雙雙對對恩恩愛愛
這園風兒向著好花吹
柔情蜜意滿人間
……

眾人皆拍手稱讚，大叫「再來一個」，把媽媽笑得落下淚。

黃鶯經常借周璇的「天涯歌女」、「四季歌」，淒淒慘慘地藉琴聲訴說思春少女的心聲。周璇主演主唱的「董小宛」更為扣人心弦：

月兒晶晶　雲漫漫
照澈清輝誰作伴
滿眼繁華如曉露呵
悲歡離合都空幻

醒癡夢　斷恩怨
何處靈山是彼岸
拋卻軟紅塵十丈呵
返真歸璞酬心願

時代曲經由鋼琴流出來幽怨而動人，經常客滿蝴蝶座無虛席。日本人的飲宴也跑到這家舞廳來訂位。有一回某軍人三杯下肚叫囂起來，指定要聽李香蘭的「東京夜曲」和其他日語歌。鋼琴師行鞠躬禮微笑著道歉：「非常對不起，吾乃華人不諳日語，請君多多包涵，感謝光臨蝴蝶餐廳。」隨後坐下彈奏胡蝶主演主唱的「劫後桃花」和李香蘭翻唱的「何日君再來」，雷一般的掌聲打擊了小鬼子的囂張氣焰。

街燈上了人們尚不肯離去，許如是攜硝膏德出來打圓場，說黃小姐勞累一天該下班休息了，感謝大家厚愛，各位明天請早。老闆太在乎這位琴師，恐怕音樂家剛才被嚇壞而辭職。鄭明德總經理撫慰黃小姐別超時工作，下命令張天賜每天下班後護送琴師至輪渡碼頭。

張先早就急不及待，只是不敢毛遂自薦而已。不只一次，黃鶯剛放工用過晚飯朝海口走去，張天賜即跨上單車後面尾隨。偷偷跟蹤兩三個月，每晚必見女郎安全上渡輪才離開碼頭。回家後則難熬漫漫長夜，身為女郎的保護神輾轉反側夜不能寐。現在能名正言順與君同行，心中竊喜卻不知道如何言說，木訥羞澀難以啟齒。使命讓他們走到一起，默默地在黑暗中互相支持，默默地揮手依依作別，默默等待黎明到來。

第二天黃鶯沒上班。最失望的不是張天賜，許如是和硝膏德更為緊張。難道如老闆所擔心的，姑娘被嚇壞了？張先知道不可能，一個地下工作者哪那麼容易退縮，擔心的是她病了。自從來蝴蝶餐廳當琴師，每天風裡來雨裡去，工作中不曾間斷的嘗試，不要說文弱的女子，男人也未必吃的消。表面上為了工作養家，骨子裡的緣由只有同志明瞭。終於有電話打來，黃媽媽說女兒昨晚發燒，服藥後熱度稍退，醫生吩咐需要休息多兩天。

心頭大石是放下了，可是下午的飲宴總不能沒有音樂，多少人是衝黃小姐而來的。此時的硝膏德有如熱鍋上的螞蟻坐立不安，在人前不斷晃動，不巧前來請示的都無端遭一頓臭罵。憨雞們知趣地立於大門外，盡量擋住想報告壞消息的兄弟，叫遲些來免挨了罵又不曉得犯了什麼過錯。

客人們不時望向鋼琴，醜婦終須見家翁。許如是站到餐廳正中，躊躇著不知該怎樣來個開場白，硬著頭皮準備承受四面八方的噓聲。奇怪的是鋼琴聲響起來了。她看不到誰在彈琴，更聽不明白彈的是什麼曲子，總之，不是西洋音樂，也不是流行曲子。淙淙流出來的是一曲《奇異恩典》，奇妙的是此君自彈自唱：

奇異恩典，何等甘甜，我罪已得赦免；
前我失喪，今被尋回，瞎眼今得看見。
如此恩典，使我敬畏，使我心得安慰；

初信之時，即蒙恩惠，真是何等寶貴！
許多危險、試煉網羅，我已安然經過；
靠主恩典，安全不怕，更引導我歸家。
將來禧年，聖徒歡聚，恩光愛誼千年；
喜樂頌讚，在父座前，深望那日快現。

男高音和著琴聲繞樑迴盪，全場靜默，沒有一人走動，沒有一人用餐，直至全曲聽完，回報以雷鳴般鼓掌。許如是不必為難而退下，硝膏德向酒吧招手，待應生立即送上兩杯紅酒。鄭總親自敬上一杯，拍拍張先肩膀感嘆不已：真人不露相啊，兄弟！

張天賜懂得的樂曲畢竟有限，他能牢牢記住的都是唱詩班吟唱的世紀頌讚，懷著敬拜的心俯身虔誠演繹。最後他竟不由自主地彈奏《叫我如何不想她》：

天上飄著些微雲，地上吹著些微風。啊！
微風吹動了我的頭髮，教我如何不想她？
月光戀愛著海洋，海洋戀愛著月光。啊！
這般蜜也似的銀夜。教我如何不想她？
水面落花慢慢流，水底魚兒慢慢游。啊！

燕子你說些什麼話？教我如何不想她？
枯樹在冷風裡搖，野火在暮色中燒。啊！
西天還有些兒殘霞，教我如何不想她？

思緒尚在歌詞中盤旋，卻快下班了。放下琴蓋轉過身，一隻大果籃迎上來。許如是笑逐顏開地，說今天多虧張經理囉。張天賜暗笑，打建築隊解散以來，媽媽生早不對張先稱「經理」，而諷以「能工巧匠」。她說這籃水果是老闆的心意，有勞張經理代表公司去探望黃小姐。

今天沒幹活不必換洗，隨便填填肚子就可以走，不料廚房給他準備了西式晚餐。這些人真識相。他並不客氣一一掃光，擦擦嘴將果籃綁在後架上，疾馳而去。輪渡因下班繁忙時間人開始多起來。來到海邊《美的》花店，要了黃玫瑰和勿忘我，遞上鈔票。老闆娘找錢他不要，揚起手中的鮮花說，蘇大姐，我將車子停在妳外面，過了海回來取。女人明白似地點了點頭。

一手大果籃一手鮮花，快步買票趕上即將開出的船，腳才蹬上去哨子就響了。找個窗口位子將籃放在腳下，海風徐徐吹去臉上潮熱，人也冷靜下來。長久以來的無眠令這個男人明顯地憔悴，送上門的舉止更令之心煩意亂。糊里糊塗登了岸上了坡，第一句話還沒想好手已按上門鈴。聞聲而來的女人四十來歲，諒是黃媽媽。請問先生貴姓？免貴姓張，黃小姐的同事，來客有些尷尬。請進。

媽，誰來了？是我朋友吧，快讓他進來，女兒清脆的聲音。黃媽媽引客人上樓進女兒房間。黃鶯躺在床上，黑亮的長髮散落白色枕頭，未經化妝的臉容更見清秀，顯然病並不重。坐在床前櫈上，凝視對方不發一語，千言萬語似乎盡在兩人雙眸中。大膽地拎起她擱在被單外的手臂，皮膚白皙得幾近透明，手指纖長指頭圓渾，一雙敲擊琴鍵的玉手，不同於搽寇丹不沾陽春水的女人。黃鶯沒有抗拒，任這個男人將手送上他唇邊，深深呼吸閉上眼睛。

傳來黃媽媽上樓的輕微腳步聲，飄來咖啡濃郁的芳香。

第二部

第七章　勇殺賊酋

一

二十世紀初閩台出了不少名人。一九一〇年春惠安縣崇武鎮汪府有個男孩出生，從事航運業的父親為之取名宗海，算起來是張天賜的小同鄉。十二歲時，生父將汪宗海過繼給族兄汪連明為子，此時兒子已於鄉間讀完初小。汪連明是個大人物，乃當地「四巨匪」之一，海軍陸戰隊林壽國的部屬。十三歲那年養父送宗海到惠安縣城教會學校時化小學念高小，畢業後到泉州私立中學就讀。民國十八年（一九二九）七月間，因海內外惠安人的控告，福建省政府主席方聲濤命令林壽國，在莆田將汪連明部繳械並將之擊斃。其年汪宗海十九歲。

關於汪連明被擊斃事，國民政府存有檔案，係一九二九年八月二日福建省政府公函第6496號。大意是：據南洋檳城閱書報社等電稱：海軍林壽國部著匪汪連明等攻陷惠安，慘殺黨部職員，焚屋搶劫，請派軍痛剿轉請令行福建省政府從嚴痛剿，並將剿辦情形見複一案交福建省政府，並抄送總司令部云云。惠安匪患經派仙游林營會同駐惠李營長痛剿，地方秩序業已回復。至汪連明、杜建元等，罪惡貫盈，業在莆田常太里地方被陸戰隊第二旅旅長林壽國派隊圍剿繳械，並當場將該匪首汪連明擊斃。

之後汪宗海回鄉住了幾年並成家立室，且攜新婚妻子往廈門投奔養父舊屬、廈門水警第二大隊第四中隊隊長曾德，任該中隊準尉特務長。俟後汪由軍統閩南站行動組組長張靜山介紹參加軍統組織，送往華安中美特種技術合作所受訓。畢業後汪宗海被派在漳州行動組任少尉通訊員，後升中尉行動員，是個百發百中神槍手。暗殺澤重信的艱巨任務落在他身上。

自從接受新任務，汪宗海天天在太陽下暴曬，他需要一張漁夫的黝黑臉龐。一雙握慣槍的手滿是厚繭，冒充舵手也還說的過去。體能上一分鐘起碼做一百五十次俯臥撐，短跑運動員的速度，自由泳、蛙泳、蝶泳，仰泳、潛水全能。與張天佑為之設計的身分證尚可配合，蘇群英親自填上姓名「汪鯤」。這名字起的妙極！鯤之於汪洋大海正好大展身手！

萬事俱備吹來東風，「船夫」混入回流難民中。淪陷前逃難內地者，有的鄉下沒田躬耕沒有住宅，有的始終找不到生計，惟有試圖回廈島闖闖。生活逼人，危險也在所不惜了。不少腦袋醒的順帶做筆買賣，將身邊一點積存換內地土特產帶回來賣。汪鯤需要借老家回城的身分，買了好些蚵仔蝦米裝入兩隻鹹水草袋，用破布搓成短繩搭在肩上，從頭頂而下：草帽、土布衣褲、腰間斜插旱煙管、繫上菸絲袋、腳上草鞋，滿身塵土扮成進城漁民模樣，在石碼下船混進人堆順利過關。

來到他並不熟悉的淪陷島嶼。當然，對整個城市，包括鼓浪嶼、廈門港及禾山郊區，山頭、沙灘、寺廟、街道、交通及主要建築物，早已做過功課爛熟於心。然而一切均是紙上談兵，誰也無法預測突發事件，哪個高人能料事如神早定妙計？惟有兵來將擋、水來土掩，誠心祈禱上帝保佑。

作為特務初抵埗首要實地偵查佈局。

大中路是澤重信常到之處，因地點介於大同路和中山路中間，故名大中路。開闢馬路之前乃廿四崎頂及大走馬路，店戶多為小手工業主：製燈籠、玩具、玻璃器皿、筆墨、刻印、裱褙、染布等作坊。淪陷後大中路成了日本街，除喜樂、八洲庵為日籍台灣人經營的菜館外，還有幾家日本料理。後面的周厝巷有日本人經營的慰安所，名為高級料理實養藝妓，專供日軍高級官員享樂。每天夜晚，日軍官兵到此消遣，普通客人供應魚皮花生一碟、啤酒數瓶。藝妓圍繞客人跳舞歌唱，軍人敲碗拍案助興，經常叫囂吵鬧直至深夜才止。

偽裝成街頭流動小販的汪鯤身懷薄型手槍，每天上午七時許，一手秤桿一手舊報紙，肩膀上挎一小布袋海味，在《全閩新日報》社附近遊走販賣。按照預約，蘇群英於鬧市地攤見同志，蹲下來向他買半斤蚵仔乾，悄悄遞上證件和一筆現金。有時這個小販子似嫌生意冷清，四處走走土頭土腦地瀏覽報社門口圖片，藉以偵察四方動靜，了解社長澤重信每天辦公規律，以期相機行事。雖然持有證件卻怕露馬腳，始終不敢去客棧投宿，聲稱沒錢到碼頭苦力聚集處睡地板，貨物暫放街市某商販處，付一點海味當寄存費。風餐露宿守候多日，因未見對手進出報社而深感焦慮。

據蘇群英提供的情報，駐廈日本官員公餘必流連娛樂場所，夜間多到歌廳跳舞，白天則去咖啡館品茗，或於高級餐室飲宴。近來蝴蝶餐廳生意火爆，極有可能到此處聚會。市區活動範圍不外乎蝴蝶餐廳、喜樂咖啡屋、報社、鷺江戲院，具體路線需天天落實。得到這些珍貴資料後汪鯤胸有成竹，決計先部署藏身住所，以便得手後匿藏，然後再佈置行動路線。

根據同志們提供的消息，主角親自勘察此區每一條街巷，經仔細探測周密思考，最後選定海後路蘇宅為藏身地點。海後路與鷺江道平行，一端接昇平路一端通大漢路[1]，昇平路拐彎即大中路，向東走乃思明西路，下一個十字路口即見鷺江戲院[2]。廈門淪陷後《全閩新日報》從金門遷回廈門復刊，社址設在大漢路，佔用原《星光日報》的印刷設備。估計行動就在這幾條街展開，謀畫屆時如何全身而退至關重要。

海後路有座二層樓住宅，主人乃旅居泗水華僑、惠安蘇坑後蔡鄉蘇孝盼的產業，房子委託其堂親蘇選先生管理。蘇家樓後那棟房子是偽廈門法院院長楊廷樞的住宅。汪連海生前與楊廷樞私交甚篤，楊是國民革命軍海軍警備司令林國賡部軍法人員，原任駐廈海軍基地軍法處處長，廈島淪陷後被俘而出任偽職。蘇家左右鄰居係日本警官宿舍，所謂「燈下黑」，或者最危險之處也最安全。

提起林國賡不能不補上一筆，他是廈門史上一個重要人物。身為廈門海軍警備司令、主政時間長達十四年、鐵腕推動市政建設、使廈門完成城市近代化轉型。林領導下的民國廈門市政建設，共開闢新區三十五處，地盤總面積約一千三百萬平方米，是舊市區面積的三倍餘。改造後的廈門市區海岸鷺江道，沿岸十四個碼頭依次排列。市區主、次幹道六十三條、街道三百六十條、民房一萬三千五百號、住宅面積達三百四十萬平方米。全市建有三處公園、九個菜市場、二十座公廁。林國賡讓歷史在漳、泉之間硬生生地崛起一座廈門城，形成廈、漳、泉金三角。

1 中山路。
2 原思明電影院。

不曉得由於哪些原因，林國賡在「閩系海軍」將星群體中並不耀眼。人們連他的生卒年、籍貫、履歷、官職、官銜，都記載錯了。由於國民政府不能解決軍餉問題，林國賡為海軍在廈門占地盤搶關稅。他在主政廈門期間，確實用管理軍隊的方式管理城市，用暴力鎮壓為非作歹的日台和本地流氓，鎮壓持不同政見的共產黨人，鎮壓參加愛國運動的碼頭工會，甚至用暴力強制的手段推動廈門市政建設。然而專制也帶來效率，近代化港口城市廈門在他手中建起。

或許軍人不諳政治不夠圓滑，仍依國際慣例接待日本軍艦，終被扣上「媚日通敵」的帽子。抗戰爆發後，陸軍157師師長黃濤進駐廈門，第一件事居然是扣押林國賡。大敵當前臨陣易將，駐廈陸海軍內訌，匪夷所思。曾被孫中山親自點名的「建安」號艦長林國賡被陸戰隊繳械黯然神傷地離開廈門，而「建安」號和「建威」號則悲壯地在長江江陰航道自沉，以阻滯日軍沿江進攻。林國賡才離開一年，廈門就輕易地淪陷了。人們卻不去想想這又是為什麼？

兩位蘇先生均是汪鯤姐夫蘇春芳至親，之前蘇群英約蘇選在咖啡室見過面。同姓三分親，更何況還是親戚，那股親熱勁蠻真誠的。帳房先生對蘇選說，鄉下日子不好過，咱崇武人靠的是行船討海，時下海上日日開火，做運輸業不僅危險而且時常血本無歸。春芳的內弟阿鯤想改行做走水客[3]，初來乍到人生地不熟，冒昧到孝盼叔處借住一段時間，試試有無發展機會。蘇選十分豪爽，說自家人這個忙當然要幫，房子反正空著叫賢侄儘管來住。

---

[3] 走私。

細心的蘇群英交給一筆為數不小的款子，說春芳交待，出來的人只能持難民身分，衣衫襤褸自不必言，請老兄為之準備幾套衣服鞋襪及所需日用品。我又不曉阿鯤喜歡什麼樣式的裝束，行船人不大慣西裝皮鞋，穿新衣也嫌太扎眼，不過年輕人到了都市，或想要跟跟潮流，看普通人怎麼穿吧，衣物只要乾淨就可以。小伙子與您一般身高，但身板壯實需要大一個碼，選叔您看著辦吧。來了煩您領他去澡堂洗洗澡理理髮，鄉下人頭一回進城，凡事需要長輩多加指點，在下感謝不盡，拜託了！

蘇選立即去逛故衣店，老闆說他的貨全部八成新，人家賭輸錢拿來賤賣，我一收下來就叫人漿洗燙過，放心穿好了。客人買了兩套漢裝短打衣褲，適合行走市場做買賣；添加一套白色襯衫配吊帶西式褲，配上鴨舌帽，適合年輕人作休閒裝。轉而又想已屆霜降天氣轉涼，挑了毛背心和夾克各一。又踱到一家小百貨買下一雙黑布鞋、一雙白球鞋、半打汗衫、一打白線襪，加上毛巾、牙刷、牙粉、拖鞋，雜七雜八地背回家去。收拾好房間準備客人一兩天內來住。

陽光燦爛的春芳小舅子上門來了，開口一聲帶鄉音的「選叔」，送上滿含家鄉陽光的蚵仔乾，蚵乾下面一札又大又厚的魷魚乾。叔侄寒暄一番難免為時局慨然。選叔告知沒有木柴可以燒飯，也害怕左鄰右舍發現火光，見有生人來住引起不必要的麻煩。他平常只在晚間來這裡睡覺，吃飯則與家人共度時艱。現在若加多一床被褥，等於告訴人家來了客，也不好在這裡過夜了。阿鯤表示理解和感激，說吃的可以自個隨便在外面解決，叔叔只須如常般生活，外出時將大門與平日一樣上鎖，避免別人生疑。汪鯤就這樣住了下來。

二

時代歌曲成功地吸引了假日的生意，相傳琴島美女音樂家黃鶯長駐蝴蝶餐廳，日間西洋樂曲飛揚飄逸，男高音張天賜金口一開繞樑三日，流行曲調從上海風靡到鷺島。巡弋金門、廈港軍艦上的官兵，停泊廈門遠洋郵輪上的海員，每逢星期天輪流上岸度假，相爭一睹本地美女帥哥明星風采。易名鷺江戲院的思明影院，逢周日上午必為勞軍放送日語電影，鷺島一派歌舞昇平氣象。

作為廈門最高指揮官的澤重信，對外須表示友善，對內要鼓勵士氣，務必竭盡地主之誼，忙得分身乏術。民國卅年（一九四一）十月二十四日，林仔滚私下知會鄭明德一個絕密信息：兩天後的星期日，澤重信將與黃仲康在蝴蝶餐廳約見，中午邀請《華南新日報》社長林谷、商會會長林洪朝赴宴。須及早採買上等食材，一定要做得體體面面。硝膏德接旨內部吩咐屬下，如此如此，誰也不准請假，服侍不好日本人可是掉腦袋的大事。

提起黃仲康同志們就有氣，這狗漢奸年頭在三丘田遇刺竟命不該絕，日本人送博愛醫院救了他一條狗命。但上級一再交代，此次目標乃敵酋，只准成功不許失敗，別搞錯大方向。近日澤重信接受台灣總督府委任為「地方理事官」，日本方面犒賞他和另外七人，此君意氣風發，欣喜接受好友為其慶賀。

十月二十六日，星期天。汪鯤如常拎著一丁點乾貨出去擺攤，十時許蘇群英來到集市，買了四兩蝦米，蹲下裝著精挑細選，詳述今天對手的裝扮，剛才那人到過蝴蝶餐廳視察中午宴客的準備情況。澤重信的照片早已植入汪鯤心中，腦際立即浮現一幅畫像：深藍色氈帽、深藍色西裝、白襯衫、深紅色領帶、棗紅與白色相間的皮鞋。現在一行人出發去鷺江戲院。

汪鯤聞言收起乾貨極速跑至鷺江戲院，可是時間已近十一時，正值電影換早、午場。影院四周度假官兵人頭簇擁，遠遠地見到心中敵人影象，下意識摸腰中手槍，腦子卻立時作出不同反應：身邊多是穿軍裝的日本軍官士兵，甚少著便衣者，貿然開槍命中率甚低。且槍聲一響人群混亂軍人勢必組成包圍圈，自己哪能逃出去？惟有放棄另圖他謀。

中午時分轉到蝴蝶餐廳附近，在對面馬路邊買一條烤蕃薯，坐到攤檔小凳上剝去烤焦的地瓜皮，要了一碗豆漿慢慢喝，為的是冷靜下來思考。舞廳內幾圍酒席數十名客人，喝酒猜枚的吆喝聲浪蓋過音樂，硝膏德親自陪同的那圍必是貴客。汪鯤原想在此下手，但礙於地點不適合，進退無據，內外敵人眾多沒有必勝把握。既恐傷及街上無辜市民，又清楚裡面必有自己的同志，事情一旦發生他們無法洗脫嫌疑，暴露的可能性很大。

又一次放棄。

這些人吃吃喝喝至三點多方前後離開舞廳。澤重信和林谷邊走邊交談，後面全副武裝貼身保鏢數人，汪鯤偷偷跟蹤至華南報社門口。《華南新日報》前身為《復興報》，是廈門日偽特別政府機關中文報。日本為實現「以華制華」陰謀，辦報欺騙奴化毒害佔領區中國人，散播漢奸理論、製造謠言、鼓吹「王道樂土」、「新生明朗」以誘惑民眾回流。此間廈門共有《全閩新日報（中、日雙語版）》、《華南新日報》、《同光報》三份報刊。

敵偽一行入了該社久久不出，殺手焦慮萬分，惟恐他變坐失良機。所幸上天眷顧，惡貫滿盈的匪首難逃死神降臨。未幾澤重信和林谷相偕出報社大門，經思明西路轉向大中路，一直走到喜樂餐廳附近的益田商會門口。突然喜樂二樓窗上有人用日語向他們揮手打招呼，示意老友們上樓去，一班人相約在彼聚餐慶祝。

緊緊尾隨的殺手表面上鎮定，心裡卻萬分緊張。何故？他在思量：若不趁此良機下手，賊人進入餐廳不知等至何時才出來，情況瞬息萬變，機不可失時不再來！千鈞一髮之際個人安危早拋雲霄之外，全神貫注眼前獵物，以東面的騎樓下泥柱為掩護，毅然舉起零點三二手槍，立時向西面走近騎樓處日酋奮起狙擊，連射兩槍，澤重信應聲飲彈倒地。以神槍手的信心，相信已擊中目標。此刻同行的林谷驚嚇萬狀狂奔疾呼，汪鯤將槍藏於懷中思索撤退之計。

這一天是周日假期，停泊於廈門港敵艦陸戰隊士兵三十多人上岸遊玩，聚集喜樂餐館品茗咖啡吃蛋糕，聞槍聲相率下樓擁出追喊。澤重信既已中槍斃命，殺手感謝神的眷顧，慶幸能完成上級交給的任務，可是危險亦接踵而至。三十六策走為上策，當機立斷應即刻逃出現場脫離困境。只是樓上樓下敵人雲集必會乘勢追逐，倉促之間如何謀求退路？

汪鯤力克緊張先發制人，掏槍向空中連發兩彈，子彈沒有眼睛，人群慌亂恨娘沒給生多兩條腿，紛紛退入店內躲避。汪鯤思忖：假如向敵寇狙擊射中對方任何一個，彼等必懷復仇心理窮追，情勢將會更加危險，此時人退他須當即撤離。只見勇士從容地轉入一條小巷內迅速退卻，迂迴偏僻小弄穿插幾條街道。一路聽見有人狂奔呼叫：打死日本人囉！打死日本軍官，血流一地！由此可見澤重信確已當場喪生，斷然立即潛回海後路，翻越圍牆躲入藏身之處。

然而事情尚未完結。澤重信被刺後日寇極為震怒，立即斷絕廈門水陸交通，全島戒嚴三日，還繳了三百多偽軍的槍械。日本憲兵和駐廈的海軍陸戰隊都出動了，分乘軍用卡車散佈在全市大小街巷，荷槍實彈，設卡盤查。偽政府奉命實行全市戶口總抽查，無論日華居民、公務人員住戶、海陸軍所屬機關，一律嚴查無一倖免。夜總會都閉門關張以示致哀。白天警察進行地毯式搜索，夜間突襲檢查戶口。日當局懸紅五萬元緝兇，密報者賞三萬，偽廈門市政府亦懸賞三萬。上逼下壓情勢萬分緊張，漢奸走狗為虎作倀，晝夜出巡肆意逮捕，並借以向商戶斂財，向昔有怨懟者報復。幾天來被捕者約有千餘人，遭祕密殘殺的無辜同胞達百人。

風聲鶴唳。

初到蘇孝盼居所潛藏時，江鯤曾想與蘇選假冒父子關係，但考慮戶口簿上事先未有登記，如此反而弄巧成拙。抬頭望天，眼看功敗垂成，此刻只要邁出院子一步，外面三步一崗五步一哨，馬上有遭逮捕的危險。年輕人遍察樓上樓下每一個角落，竟無處可藏匿，出大門即是面臨死亡，真正進退維谷，惟有咬緊牙關將槍重新修整擦洗添裝子彈。出發時已將生死置之度外，許以身心獻革命死亦無憾。如此一想便全然不懼，殺一個夠本殺兩個已賺，即使不幸被逮便以身成仁，為國殉職無怨無悔。

既已泰然處之頓覺信心倍增平靜如常。於是默禱祈求神垂憐眷顧，能逃生即是萬幸，不成功亦是主的引領，撒我鮮血救水深火熱之同胞。此時不宜隱瞞自己的特殊身分，遂將刺殺敵酋澤重信之事，據實告知蘇選，且許以他日政府定當重酬，望能鎮定自若，勿驚慌失措免同遭災噩。所幸蘇選是個血性男子，深表國難當頭匹夫有責，願盡國民天職掩護始終。

第二天上午九時許敲門聲甚急，估計敵人來搜查矣。蘇選頓時手足無措緊張萬狀。勇士竭力安慰，要他鼓起勇氣開門從容應對，顯露驚惶神色只會徒增敵人疑慮。汪鯤木人則手持短槍躲入床底，摸到一隻曬穀物的大篩遮蓋住身體，將槍口瞄準床前，若敵人搜索床底即發彈射擊。幸蒙神庇矇住敵眼，來者搜遍全室無果，略略對床底探首而去。千鈞一髮之際，縱使冬寒諒蘇選已汗溼內衣。

經此次搜查危險期似已稍過，豈料敵方戒嚴並未放鬆，情勢日甚一日。蘇選初時間或送些吃食來，這幾天卻不見人影，恐怕被嚇病或者事後害怕躲了起來。外面敵人不惜重金懸賞緝兇，勇士匿居已逾十日，忍饑受寒蟄居曠久，又恐人心叵測，萬一有人為利所誘改變初衷，或遭拘捕扛不住招供，自己則無葬身之地。想密約城中同志向內地上級求救，只是敵方嚴密封鎖寸步難行。還是自己設法逃離吧。這幾天已完全斷糧，找遍兩層樓，能下肚的都嚥下去，像隻老鼠將一籃生花生米嚼食的乾乾淨淨。苦苦思索樓上本來就空蕩蕩哪會有吃的，不如下去院子試試看有無意外收穫。

白天不敢輕舉妄動，天黑了才摸下樓，四圍搜索無果，飢腸轆轆正值惆悵萬分之時，突然靈敏的耳朵聽見有一絲響動，會不會是貓兒跑過？清寒的下弦月照亮院落，沿牆巡視見一團可疑之物，似乎老貓亦聞香味而至。他搶先一步細看，一角破床單包著什麼，摸一摸軟軟的，不會是小動物的屍體吧？不管三七二十一抱上樓，打開來一層報紙包著幾隻大粽子，足夠吃兩天矣。飢不擇食的他急用手抓食。

可以肯定不會是蘇選扔進來的，難道是蘇群英？填飽肚子後逐字瀏覽報紙，是今天的《華南新日報》。見一篇文章被有意無意地用鉛筆圈了「明天」兩個字。用事先準備的碘酒塗抹，出現一幅模糊的畫面：寒月照著沙灘，岸邊泊一條小船；岸上枝頭有隻小鳥，嘴上銜著一枝鮮花。他琢磨了許久，似乎參透其中的奧妙。

殺酋事件發生後，市區夜間仍實施戒嚴，廈鼓輪船往來中斷幾日已恢復，因為洋鬼子極力抗議，琴島不能一日無水供應，也需要糧食、蔬菜、水果和其他物資補給，否則老外聲稱要用自己的軍艦運送。整個廈門島各路口均被日軍控制，只有鼓浪嶼可以逃出去，因為彼處尚是公共租界。

第二天，民國卅年（一九四一）十一月六日傍晚，汪鯤換上休閒裝，渾身上下煥然一新，儼如琴島公子哥兒。進城這些日子東躲西藏，膚色淡了；飽一餐餓一餐，身形瘦了。不敢街上招搖，叫了輛黃包車，去到渡輪碼頭附近《美的花店》。正值下班時分，雖說人心惶惶個個眉頭緊鎖，但生活總還要繼續過。花店老闆娘哼哼唧唧地，說客人請快，要上鋪板了，否則咱被警察封店呢。男人買了一札康乃馨，瞟了老闆娘一眼，請她將花扎好並要求包上漂亮的花紙，錢就不用找啦。

迎面走過來一位氣質不凡的女郎，絲質白襯衫束在天藍色長褲裙內，外加一件灰藍色對襟毛衣，顯現修長的身材；腳上白坡跟軟皮鞋，挎著匹配的手袋；又粗又長的髮辮梳在腦後，髮間嵌上茉莉花，形容不出的高雅飄逸。見她眼睛望著前面鋪子似乎想趨前買鮮花，無奈老闆娘已放下鋪板鎖上門，顯現出一臉的遺憾和無奈，深深嘆了口氣自言自語：「哎呀，媽媽今天生日！」汪鯤大方地將花呈上，說姑娘不會介意在下借花獻佛吧？

「今夕何夕，見此良人？[4]」女郎一臉的驚喜，打開錢包要付款。

「月出皎兮，佼人僚兮。[5]」男士燦然一笑，不僅按下其坤包拒絕收錢，而且拖著其玉手，有如一對相識已久的「情侶」，卿卿我我朝輪渡步去。

男士買了兩張貴賓廳坐票，卻站到甲板上觀賞夜景。剛才一過檢票卡他就從女郎手中捧過鮮花，右手挽其臂徐徐踏上浮橋跳板，十分體貼入微。實乃手槍藏於花紙包著的鮮花中。入船艙悄悄取出槍收入懷裡，打起十二分精神眼觀四面耳聽八方，以防突如其來的狀況。女郎俯耳對男人說起悄悄話，告知美華沙灘有船。上岸後遂各自離去。

此時的琴島仍屬公共租界，日本人只能龜縮在他們的地頭。男人到龍頭西餐廳要了份大餐，狠狠地補充能量，解去多日的饞。又讓侍應生將桌上的麵包打包，還叫了支汽水，扔下頗多小費走人。寒月照耀著風平浪靜的海岸線，空無一人的美華沙灘上海水正退潮。

一艘輕舟泊於岸邊無人看管，汪鯤遂解開纜繩登上去，摸出身上指南針，划槳急向嵩嶼方向進發。不意小船搖到海中央，竟被海上巡視的日軍發現，敵人馬上率領便衣特務乘小船追趕。勇士見狀不妙毅然脫下鞋子、外衣褲，棄舟投入冰涼的海水中，游過一定距離他們便不能追了，對面就是

4 詩經・唐風・綢繆。
5 詩經・國風・月出。

國軍駐防地嵩嶼。憑藉一流的泳術，飛魚一般破浪前進，勇士終於安全登陸。

收到汪鯤安抵對岸的確實消息，廈島的同志如釋重負，終於都鬆了口氣。

第八章　黑貓歌王

一

回味十月二十六日心有餘悸。若非那位同志機警，陪葬的不知凡幾。即使不死，拘押、拷問、審查沒完沒了，縱使有準備犧牲的精神，但誰敢保證能扛的住呢？不要說配合行動的同志危在旦夕，就連林仔滾、鄭明德們也交代不清楚。暫時人家不會有小動作，過後許如是一定去南普陀燒香還神。事發後硝膏德立即命令員工集合聽訓，除了廚房和清潔工留下清理，其他人馬上離開公司回家，直至另行通知。關門閂戶避風頭乃明智之舉，聽者瞬間消失得無影無蹤。

狡黠的張天賜在眾人萬分錯愕集中大堂之時溜進廚房，以迅雷不及掩耳之勢，將幾碟來不及上桌的菜餚倒進兩隻便當，攤開廚師圍裙倒下幾大碗米綁緊，扯下鉤子上一大塊鹹肉，掃蕩櫃子裡的麵包、牛油，全部裝入一隻鹹水草袋，然後走進工具室，將所有食物結結實實砌到採購原料的大背包內，迤迤然放到自行車上。

難為了黃鶯，全市交通斷絕甭想過海，今晚不少人要露宿街頭了。張天賜示意快行動別猶豫，奔進房替不知所措的女郎打開皮箱，將衣物胡亂塞進去綁到座架前，招手叫她坐後面，座上的背包順手塞入其懷中。沒忘記叮囑黃小姐千萬相信老張的車技不要亂動，腳下加把勁朝橋亭家飛馳。今夜舞廳外牆上的霓虹燈還來不及閃爍，那兩隻翩翩飛舞的大蝴蝶全然無光。大門在他倆身後緊閉，伙房那些人皆從後門溜走。紛紛擾擾的鬧市突然沉寂下來，街上的店鋪均在上鋪板下鐵閘。市場本該最熱鬧的時段，霎時間不見一個人影。人們慌失失地趕回去，彷彿破漏的家已築起銅牆鐵壁。一路上見軍車開進城區，空氣中充滿血腥味。

鼓浪嶼不準行車輛，黃鶯第一次乘坐自行車，害怕跌下去又恐失手掉了懷裡的東西，驚恐萬狀花容失色，惟有左手抱物右手攬緊騎手的腰，死死貼緊前面的男人。好不容易到家停下車來，張先扶女士下車，取其懷中物置車座上，見女郎臉色蒼白全無血色，頓生憐香惜玉之心。你故意作弄我，拿了啥鬼東西這麼沉？黃小姐不憤嘟起嘴。

張天賜不辯解，打開大門抬進腳踏車，將背包扔到牆角，反關上門將女郎擁入懷中，堵住鮮嫩的紅唇親吻起來。驚心動魄的鬥爭成全了他，她亦在劫難逃。也不知過了多長時間，兩人都暈乎乎地不願分開，期盼太陽不要下山黑夜不要來臨，願屬於他倆的這一刻永遠停留。

太陽不識趣，終於需要點燈了。張宅地方雖大，卻與廈門大多數人家一樣，沒自來水沒電，食水要去水站買來用缸儲起，有專替人挑水的。但沒有浴缸、花洒、抽水馬桶，對住慣洋人區的黃鶯是個新嘗試。張郎要她別動，繼續當她的大小姐，讓自己盡地主之誼為佳人服務。多時沒有辦伙食的張家，估計開門七件事都有問題，幸虧他早有預謀。打開背包，見到一大袋食物，把黃鶯樂壞了，原來張經理不僅是能工巧匠，還是個偷天情聖！張先並不反駁，閉上眼睛頌禱：「……我們日用的飲食，今日賜給我們。免我們的債，如同我們免了人的債。不叫我們遇見試探，救我們脫離兇惡。因為國度、權柄、榮耀全是祢的，直到永遠。[1]」教會書院出身的女生急急道了「阿門！」深情地相視一笑。

光是麵包和便當裡的菜足夠吃幾餐，而且出自大廚之手美味之至。約定這兩天躲在家打掃環境衛生，待風聲沒那麼緊才出去瞧瞧購買所需。今晚曹保長定然忙著開會，估計明天最遲後天就會上門來訪。張天賜從背包夾格裡掏出兩包555揚了揚，炫耀他瞧見硝膏德放鋼琴上忘記取回，自己「順手牽羊」的收穫。張先告訴女友，曹保長這類人沒有膽量幹太大的壞事，只需要有糖擦擦他的嘴，跟拜灶王爺一樣的道理。

張郎燒了一大鍋熱水，撒下一撮自家院子四季收下的乾花。黃鶯坐在木桶內洗澡，感覺好像回到古代后宮，孿有情調，就差沒有宮女伺候。

「公公快替我拿毛巾耶！」假娘娘出水芙蓉般嬌豔。

「喳！」假太監趨前曰：「娘娘請用。」

「公公……」她還想要求什麼，卻被堵上嘴抱起來。

「恭請娘娘驗身，方知曉奴才如假包換……」

倒鳳顛鸞、纏綿繾綣、甘泉雨露、魚水歡情、山洪暴發、天崩地裂。如此幸福，如此不安。家

---

1 主禱文。

國不幸愛情幸，在苦難中追求一絲快樂，在困頓中尋覓一點安慰，終不能忘記特殊使命。戰士一日未脫險，戰友一日不安寧，期待接到上級最新指示，冒死也要幫勇士脫險。想到那位同志正在躲避追捕，可能飢寒交迫急待援手，兩人因為作樂而有罪惡感深深懺悔。

果然，敵人一方面加緊懸紅緝兇，一方面聯合組織治喪委員會，日本政府和汪偽南京政府都派專人抵廈弔唁。海陸軍總部和偽組織共計一百三十多個團體為澤重信舉行公祭，東京、台灣、金門、廈門，一律下半旗志哀三天。南普陀寺和尚為死者誦經超度，敵酋屍體葬於鼓浪嶼「五個牌」日本人墓地。澤重信家人控告偽市長李思賢護衛不力之罪請求嚴辦，政府命令限期偵破此案。

人人都要吃飯，生意也要接著做，沒有人做買賣就沒的吃。頭兩天可以吃存貨，接下去即使有糧草亦未必有青菜。人同此心心同此理。兩天後市場又悄悄地開張了，否則魚肉臭了雞鴨死了蔬果蔫了。休息了幾天張天佑照舊要上街採買，這家伙初時怕得要死，踩上車踏板腳一直打顫躊躇不前。大內見狀罵得可難聽了，說你的命矜貴過首長？頭頭們都悲痛得吃不下睡不著，再不設法弄點新鮮菜式大家都別幹了。

大哥被罵的狗血淋頭，灰溜溜地踩著車跑了幾個市場，總算有貨交差。他擔心弟弟沒的吃，閉上眼也能想像人人悲傷如何歌舞，娛樂場所有段時間不會開張，誰知幾時可以恢復營業？這小子平時吃慣大茶飯不當家，哪有糧草儲備？能不給他送點東西嗎？便連油鹽醬菜米麵鹹魚全包了，零零碎碎一大袋。他特地交代一個賣柴火的，叫下午挑一擔劈好的乾木柴加一簍木炭，送到某巷某號。敲開門扔進袋子人卻不進去，兄弟倆就站在門口囉唆一陣。大哥說忙死了沒工夫，不過親兄弟明白帳，俺也得養父母妻兒呢，等過些天你領到工資再與你算細帳！弟弟心下偷笑你妻兒從何而來。張天佑繼續大聲嚷嚷，下午送柴禾的錢已經給了，又小聲交代廈鼓通航第二日上午關仔內街市茶座見，然後扔下東西跑了。

還沒關上大門姓曹的無聲無息地出現，難怪大哥唱戲似的。迎進保長，用一扇木門掩飾那袋食物，朝內喊了聲黃鶯，曹保長查戶口來了。黃鶯清脆地哎了一聲，大大方方地出來施個禮，掏出她的身分證。你就是聞名鷺島的黃鶯小姐？久仰大名！曹保長多多關照！不好意思，例行公事。應該應該，曹保長辛苦了，寄居貴區幾日，輪渡開啟我馬上回家。沒事沒事，很快可以開航的，老外吵嚷水塔儲存快用完了。希望如此，家中還有母親，怕她擔心壞了。

兩人寒暄一輪。張天賜又說，好在我哥及時送點糧草來，否則我倆已經喝了兩天清粥水，肚子餓得咕咕叫，恨不得馬上吃頓飽飯。對對，快給黃小姐煮餐好飯菜，別餓出病來，我還要一戶戶去查呢。黃鶯嬌滴滴地鞠躬道了聲「再見」，張天賜及時地塞上香煙隨手關上門，很替曹保長掩飾，免得男人在女士面前丟面子。

二

輪船終於復航了。黃鶯急於回家看母親，但是張郎勸她少安勿躁。試想有多少人要過海，碼頭上除了持槍警員嚴查，還會安插多少便衣特務？等明天收到上級指示再決定行止。黃鶯覺得分析有理，更捨不得貿然離開情人，真不知下一步該怎麼做好。

張天賜往車頭掛上菜籃子，在橋亭菜市場逛了一圈，似乎沒能買到需要之物，便轉向關仔內菜市場。這裡有家「茶桌仔[2]」生意很旺，三教九流雲集。大哥已叫了茶，正在做那套「關公巡城、韓信點兵」操作。弟弟將車子泊到外頭坐下來，張天佑遞上一杯香氣濃郁的武夷山大紅袍，非常時期，只有老主顧才能品嚐到。

兄弟倆聊了幾句，時而高聲時而低語。大哥談起鄉下小舅子來了，說水客生意難做本都賠光了，沒有本地糧食配給缺衣少食，想回去又怕路上不平靖。「要不兄弟今晚給他送點吃的去，叫他留意看報別趕錯趟，過兩天想法借點錢資助他。」泡淡了一壺茶，哥哥把小半包香煙和報紙扔給弟弟，眼睛盯視一會兒報紙，然後拍拍屁股各奔東西。張天賜買了一大棵包心芥菜、一札紅蔥頭、四兩蝦米，向店員要了幾條鹹水草，準備回家做飯。

到家掏出紙包香煙抽出剩下那幾支煙，小心翼翼地將空盒子黏貼處弄開，拿棉花棒蘸上碘酒搽空白的那面，出現一幅小地圖，現出同志被困之處。資料記在腦中將紙扔進大灶中焚毀。張先隨即淘了四嘜（煉乳罐）米，浸下蝦米。黃鶯說大吃鬼啊你？男人不理會自顧自洗菜叫她只管切蔥頭，黃鶯給薰的雙眼流淚，嬌滴滴地噘起紅唇，你又作弄我！

好啦好啦，大小姐做不慣粗活，等我來。現在你馬上過海去，找你的同志務必設法一條小船，

[2] 茶水店。

讓他們明天下午泊在美華沙灘上。明日中午你先過來逛逛街，傍晚時分去輪渡碼頭見那人，《美的花店》老闆娘蘇大姐是自己人，記住雙方一早背熟的兩句詩經。完成任務後暫且按兵不動，好好休息不要再到廈島來，等情勢穩定再作打算，我會相機去看你。

緊緊擁吻，姑娘借蔥頭的勁沒停過流淚。收拾好衣物，張郎告訴愛人要給飢餓中的同志做飯並設法送去，替她拎箱子叫了輛黃包車，道聲保重揮手而別。回轉身砍了院中一扇芭蕉葉，割去稈留下葉子部分，用井水洗淨晾在篩上。爆香蔥果炸過蝦米，切碎芥菜倒下米炒過，燜了一鍋香噴噴的菜飯。熱飯餿了會吃壞肚子，將飯攤開在芭蕉葉上，待涼了裹成幾隻不成形的大粽子，扎上鹹水草。爾後他找到一條破床單，撕下一角鋪到飯桌上，將墊著報紙的粽子用床單捆成一包。

人們趕路趕船趕著放工。張天賜一身沾滿油漆和石灰的工裝，將車子騎到昇平路一條小巷內，泊好車揹上他的工具包，右肩扛一具小木梯，左手拎洋灰桶和瓦刀，完全是個下班的泥水工匠。去到海後路心目中的地段，見路上空無一人，將梯子靠上牆，放下小桶爬上梯子，輕輕丟下背包內的東西，又悄悄地返回昇平路。一班地下工作者同心協力，眼看就要完成艱巨的任務。

勇士可謂孤膽雄心，然而多少人是他的後盾，多少人為他的安危操心，誰制訂的計畫，誰冒生死送的情報，誰安排的小船，誰送去糧食⋯⋯所有人持有一個共同信念：打擊侵略者，堅信勝利的來臨。

日軍著手調查澤重信案時，做為駐廈門最高指揮官副手，林頂立並非沒有受到懷疑。怎麼那麼多情報會洩漏出去？狡猾的新上司疑雲重重，難道興亞院就有一顆定時炸彈？於是百般旁敲側擊作試探，甚至冷不防地親身驗證。

有一回上司與之交談工作，打開一瓶名酒替對方斟了又斟。閒聊間日本人突然放下酒杯，攬住林頂立的肩頭說，「蔣介石被暗殺，已經死了！」爾後猝不及防一手突襲林頂立的心房，一手扶住身上的武士刀，將話又重複一遍。「蔣介石死了？」林頂立本能地瞪大眼睛。一念閃過，馬上控制住自己，壓下震驚保持鎮定。或許是酒精壯了膽，上司注視燈光下的林介之助，紅光滿面心跳正常，沒有先前所期望的臉頰蒼白直冒冷汗。

於是林頂立又從中設計，言語間使新上司懷疑死者有夙敵，抓捕與澤重信素有間隙的日僑，將矛頭指向幾個與澤重信面和心不和的爭權奪利者。新調來的上司遂覺得林介之助忠心耿耿，排除對他的疑竇。更巧的是一個多月後爆發太平洋戰爭，駐廈日軍佔領鼓浪嶼的機會到來，事情不覺告一段落，令林得以繼續潛伏敵營。二戰後期日軍困獸猶鬥，盟軍潛艇在東海和南海的作戰方案，許多都依據林頂立的情報，成為他的另一個巨大貢獻。

汪宗海剛偷渡回內地一個月，太平洋戰爭爆發。一九四一年十二月八日零時，日本偷襲珍珠港成功。駐廈日人認定獨占鼓浪嶼的條件業已成熟，同日下午派出海軍陸戰隊，分別從龍頭、內厝澳、田尾登陸，島上所有美、英老外全部被俘成為日軍階下囚。澤重信死的不是時候，很快讓人忘記了。既然日本人的勢力坐大，日台浪人及角頭好漢也就更加肆無忌憚了。親日派們瘋狂地慶祝勝利，娛樂場所有活躍起來的跡象。

作為同聲俱樂部的一員，黃鶯既然完成自己的歷史史命，便不願意再蹚舞廳的混水，龜縮在琴島又忍受不了與張郎的分離，失落傷神又憔悴。黃媽媽就這麼一個心肝寶貝女兒，心痛極了。早些年母親原本有意與一位世交結姻緣，可女兒是個獨立新女姓，偏不喜歡大家族中的「大舍[3]」，結果人家結了婚生了兒女黃鶯仍雲英未嫁。

初時女兒從廈島回來神采奕奕，近來卻愁眉不展病蔫蔫的。而今家裡裝了電話，說是在廈門一年因家中沒電話掛念得人都老了。實際現在全是她的電話，鈴不響愁眉苦臉，鈴一響如小鳥般雀躍。媽媽想起上次來探病的那個男人，看來兩人關係不一般，該是打開窗子說亮話的時候了。女兒也不隱瞞，就是愛上那男人。

「雖是個帥男人，可已屆不惑之年，該有家室了吧。」母親小心試探。

不回答即是承認。

「你想做他的『抗戰夫人』」？

不回答又是默認。

「天哪，我的傻女兒，你這不是令家族難堪？」

「母親守半輩子活寡就讓家族臉上有光啊？」針鋒對麥芒。

知女莫若母，黃媽媽知道女兒已經無可救藥，以愛女的心性，逼迫只會令母女關係決裂。她決

3 公子哥兒。

定找那個男人來，當面鑼對面鼓講清楚。她對女兒坦言，母親不是老古董，只是黃氏乃琴島大族，兒女婚事必須對親屬有個交代。媽媽守活寡是甘心情願的，因為我愛你爸。

「可是爸那邊不也兒女成群？」女兒不敢駁嘴卻用腹語。

今夜的電話聊了很久，黃鶯問張天賜的意思。男人答，醜婿終須見岳母啊。把憂心忡忡的女郎逗笑了。張先約定主日過來三一堂做崇拜，然後探訪黃家喝咖啡。

「Good night！做個好夢！」

「Good night！到我夢中來！」

三

戰爭並不會改變人民的信仰，三一堂每個主日活動如常。張天賜西裝革履過海來到教堂，恭敬地走到未來岳母面前，行鞠躬禮送上一大捧鮮花，黃媽媽則將花轉呈禮拜堂當日司事，司事插上講臺瓷花瓶。黃媽媽再次審度這個男人的風采，心中頗讚賞女兒不一般的眼光，只是仍有些微的遺憾。就像自己的婚姻，冷暖甘苦惟有自己知。

開明賢達的母親沒有為難他們，既然內地有家室就不必搞婚禮，更不需要去偽政府登記，就在小樓花園請近親吃自助餐，不來虛偽那一套，無須忌諱人言。親戚多於早些年躲避到南洋去了，來的多是黃鶯的友人及教會主內弟兄姐妹。張勁草的大名早為鼓浪嶼人所知，是曾經追隨許春草創辦婢女救拔團的一員猛將。果然當年救拔團的幾位姐妹相約來看「大舅子」，並贈送她們親手做的繡品。三一堂朱鴻謨也來了，當面邀請張先生加入其歌頌團，說他那高亢的男高音，無人可出其右。黃媽媽非常感恩，甚覺臉上有光。

張天賜喬遷不需要搬鋪蓋，只拿了他的整套建築工具。他打算將小樓慢慢修繕一新，讓母女倆住的舒服開心。以黃氏女婿的本事，在家族中原可大展身手，奈何時局維艱，再說清高的張天賜必不願仰仗他人。男人終歸要有自己的事業，他絕對不是吃「拖鞋飯[4]」之徒。雖然黃鶯偷偷告訴丈夫，母親有的是積蓄，自己先前的「養家」只是個幌子。

傍晚兩夫妻飯後常攜手到海邊散步。有一天踱到龍頭經過黑貓舞場，霓虹燈廣告大黑貓的綠色眼睛一眨一眨地吸引路人，兩人更為園裡傳出不同凡響的音樂而駐足。回憶起共事蝴蝶餐廳時期的合作，丈夫看穿妻子的蠢蠢欲動，遂買了兩張票拉著女人的手進去。只見舞臺上有支小樂隊，隨著小號的帶領，單簧管的加入，夾雜輕快的敲擊鼓樂，人們翩然起舞，而且越跳越瘋狂。兩人腳下癢癢欣然踏入場子，舞得簡直忘乎所以。當別人都氣喘兮兮歸位之時，他倆仍亢奮不已，狂舞至音樂終止。掌聲雷動。

侍者捧上兩杯白蘭地，有位經理級人物托著杯酒走過來。「在下姓宣，敢問是張先生伉儷？早聞二位大名如雷貫耳，想不到在此相見。張先生現今何處高就？兩位賞光來一杯，在下先飲為

---

4 靠女人吃軟飯。

敬！」此君硬是坐下來滔滔不絕。

原來琴島受外國海軍影響，有人親自上輪船見識老外的演奏，組織了五、六人小樂隊，不外乎薩克斯風、小喇叭、單簧管、鋼琴、電吉他或低音提琴，主唱同時擔負樂器演奏，加上爵士鼓別有一番風格。夜總會時時邀請他們登臺，來捧場的多是年輕人。聽見張先生賦閒在家，宣經理極力遊說，青年喜愛融合爵士樂的勁舞，老一輩始終喜歡聽時代歌曲，不要浪費您的好嗓子。

這時又來了一位看似上司的人物，宣經理恭敬地向他鞠躬，介紹乃夜總會蕭總經理。蕭總哈哈大笑道，真是天意！咱們都算有緣份，張先生替鄭明德送過信來，黃鶯小姐還是我親自向他推薦的呢！不過我們黑貓沒有下午場，急需要禮聘一位國語、閩南語男歌手，此君非閣下莫屬。聽過傳聞，張先生不用麥克風的先例還真是少有，實在令觀眾贊賞，本人尤其欽佩，有什麼要求儘管提出來，希望彼此合作愉快。

見丈夫錯愕不已，夫人打圓場說，今天的偶遇有些意外，感謝兩位的賞識和誠意，還是讓外子回去考慮一下吧。兩人接下名刺，鞠躬致謝後逃也似地離開。

熱身狂舞加酒精的興奮被海風吹拂而退，兩人手拖手沿小徑漫步，浪濤拍岸聲告訴人們現實與理想的距離。張天賜不發一語，聰明的太太不會加插意見。男人有他們的想法，有些男人責任心比什麼都強。

夜總會終於打來電話，他們倒能迅即查獲黃宅電話號碼。宣經理約張天賜明天上午龍頭咖啡館見。黃鶯見丈夫沒有推諉，明白他會答應。夜間輕輕附耳，告訴自己有了喜，希望能替張家生一個女兒。丈夫吻吻太太，更加堅定信心不再猶豫。作為男人必須為身邊的三代人有所擔當，摟著愛妻安然入睡。

與公司商議不搶別人風頭，每周只獨唱兩場，其他時間由別的歌手表演，他將與樂隊合奏，充當吉他手或彈鋼琴。張先僅僅強調歌曲由自己挑選不能強加於之，除此因為是基督徒須守安息日，待遇方面倒是全盤接受公司安排沒有異議。黑貓舞場蕭總經理大喜過望，本以為張天賜會獅子大開口，不料人家果真堂堂君子，自是禮遇有加。緊接著大廣告相繼出籠，「鷺島歌王」的桂冠落在張天賜頭上。

黑貓夜總會擅長宣傳，廣告做得傳遍廈鼓，連蝴蝶舞廳同仁也與有榮焉。手上的肥肉讓人搶走，全因自身眼光太淺。黃、張兩人是老闆級人物介紹加盟的，非舞娘並沒有簽「賣身契」，但在黑帮眼中明星也得靠地頭蛇吃飯，他們應該自動靠攏過來。恢復營業後取消日間娛樂，鄭明德以為夜間歌舞用不上鋼琴表演，不再需要黃鶯和張天賜，有意不出聲避免商討繼續合作事宜，真是大大失策矣！因為此事林仔滾大罵硝膏德，硝膏德又責備許如是沒有及時獻計，總之遲了一步，惟有望江興嘆也。

四

張天賜選了幾支名曲日間與樂隊排練。登臺首晚花籃排到街上去，黃鶯帶著母親去捧場。大家閨秀本不宜出席如此場合，但女兒一再反駁，說媽媽思想落伍了，夜總會並非丟人的地方，戰爭年頭的人需要放鬆，否則精神壓抑乃不治之症。又說咱又不出聲，瞧一瞧就走人，下不為例怕什麼。經不起女兒的甜言蜜語，磨磨蹭蹭待到天黑才出門，去到已是人頭湧湧。

遠遠地見臺上唱唱跳跳，臺下語聲喧嘩，黃媽媽有些後悔，正想叫女兒回家，突見司儀出來說了幾句，全場立時靜寂，來者皆肅然起敬全體肅穆。燈光調暗些許，一男子站立臺上，手中並不持麥克風，隨著悠揚的輕音樂，口中吐出美國民歌《老黑奴》清晰的唱詞：

快樂童年，如今一去不復返
親愛朋友，都已離開家園
離開塵世到那天上的樂園
我聽見他們輕聲把我呼喚

為何哭泣，如今我不應憂傷

為何嘆息，朋友不能重相見
為何悲痛，親人去世已多年
我聽見他們輕聲把我呼喚

幸福伴侶，如今東飄西散
懷中愛兒，早已離我去遠方
他們已到我所渴望的樂園
我聽見他們輕聲把我呼喚

我來了，我來了
我已年老背又彎
我聽見他們輕聲把我呼喚
……

悲愁傷感的嘆息，摯誠深情的呼喚，一把磁性混厚的歌喉，訴說著弱勢賤民的憂患。繞樑餘音盤旋在金碧輝煌的穹窿之下，人們為之驚覺、噤聲、思索，更有人淚沿腮落。許久許久，掌聲雷動……燈光大放光明，輕音樂響起來，雜亂的舞步接續下去，黃鶯挽媽媽打道回府。

歌王第一晚就成功吸引無數粉絲。

但有人悄悄提醒歌手不能太犟，適可而止。舞廳為了避嫌，當聽見有日本人來便預先通知，張天賜用吉他自彈自唱。最拿手當數閩南語歌《望春風》，歌手清晰地吐出並非日人改寫而是原歌詞：

獨夜無伴守燈下，清風對面吹；
十七八　未出嫁，見著少年家；
果然標致面肉白，誰家人子弟？
想欲問伊驚歹勢，心內彈琵琶。

想欲郎君做翁婿，意愛在心內；
待何時　君來採，青春花當開；
忽聽外頭有人來，開門（共伊）看覓；
月老笑阮戇大呆，予風騙毋知。

白天在黃府當泥水匠，為居所添磚加瓦；晚間登臺扮歌王，陶醉於藝術和掌聲之中。既能與相愛的人相濡以沫，又期待新生命的來臨，不亦樂乎？No！並非不甘淡薄，敵寇未除大丈夫愧而為人。張天佑和蘇群英已奉召歸隊，或已投入沙場與敵人真刀明槍相向，他們是記錄在案的軍統特工。張天賜僅屬於不上花名冊的外圍，該何去何從？棲身夜總會就是要尋找組織，期待聯絡抗日同志。

第九章 琴島同聲

一

三一堂牧師在臺上對會友講道，臺下總有一兩個陌生人站在禮堂後面。會友嚴肅地祈禱、唱詩、讀經、奉獻，他們不停地走來走去，窺視信徒有沒有反日言論。禮拜開始依日本人規定不能敲鐘，說是防止有人用鐘聲與外界及內地聯繫。日人佔領鼓浪嶼後為了控制廈門基督教神職人員，特地從台北神學院調來一人，名叫大川正，教會牧師執事常被叫去訓話，必須參加他們組織的教牧人靈修會。

為了籠絡人心，大川正外表扮成謙卑的牧者，偶爾也做一點對教會有益的事。初時日本人封禮拜堂委託他去交涉；教會物業被占他也曾出面調停。美華學校有個女生年方二八，長得很漂亮，是教員的子女。一日忽接日本人通知，要去鼓聲路28號軍部報到。軍部都是些丘八，這樣的女孩去到那裡，還能平安無事？家人都嚇得亂成一團。安息日會洪牧師找到大川正，請他出面幫忙。這個忙他倒是幫了，請軍部不要為難女學生，事情總算搪塞過去。

主日的活動全在教會，崇拜之後有各類團契。岳母去婦女查經組，太太輔導幼兒班主日學，丈夫入歌頌團排練聖詩，他們在這裡能找到志同道合的摯友。

三一堂歌頌團向以注重聖樂事奉著稱，陣容穩定組織嚴謹，訓練有素水準頗高。張天賜第一次踏入排練廳，有顆閃爍的新星投入眼簾。講壇上立著個翩翩少年才俊，年約二十出頭，外表風流倜儻神情頗為意氣風發，卻予自己一種說不出的憂鬱感。只見青年揮舞指揮棒嚴肅拘謹一絲不苟，手下幾十名歌者年紀都比他大，但是人人服從個個遵行。哪怕有誰發音不准，或者琴音走了調，儘管細微得難以覺察，都逃不脫他高度靈敏的耳朵。不同聲部若有誰過不了關，年輕人即命之今晚到其住所接受單獨輔導。而他本人僅稍稍開聲，那優美純厚的男低音，簡直叫人聽出耳油。

聽太太提過這個少年家來頭不小，張天賜靈機一動：自己才疏學淺根本沒上過音樂課，現在卻捧了這碗飯，何不拜小伙子為師學藝？便向朱鴻謨團長吐露心聲，請他居中做個介紹。他擔心的是琴島貴族音樂家瞧不上賣唱的。朱團長說張先生太謙虛了，小達對主內弟兄真誠相待，絕不會自以為是高高在上。果然休息時朱團長找他耳語兩句，指揮家親自前來緊緊握住張天賜之手，很有相見恨晚之憾。陳傳達誠懇地邀請張先生傍晚到舍下一敘。

為了結識這位忘年交，張天賜必須略為瞭解其家世。

陳家祖籍漳州海澄，其先祖於清朝初年遷居廈門。祖父陳勉齊既精通醫術，又懂得軍事工程技術，被福建水師看中而成為海軍軍醫。十九世紀末爆發中法戰爭，陳勉齊在廈門、台灣等地擔負安設水雷抵抗法軍，但福建水師在馬江海戰中幾乎全軍覆沒。中法議和後，陳不滿清廷的腐敗無能而辭職，到台灣彰化一帶懸壺濟世。一八八六年三歲的兒子陳金芳隨母赴台定居。

甲午戰爭中國慘敗於日本，被迫簽訂屈辱的《馬關條約》，割讓台灣予日本。一八九六年日寇鎮壓台灣民眾的反割台鬥爭，要台灣人自願選擇國籍。十三歲的陳金芳離開台灣來到廈門，選擇上教會學校而非私塾。當時來華的傳教士為了讓中國人瞭解西方國家的先進文明，跳出「天朝上國」狹隘觀念，開辦教會學校。為消除對基督信仰的誤解，也促使他們接受福音。學校除了開設基督教課程，還把當時世界先進科學文化知識傳播給學生。

陳金芳先在竹樹堂小學讀書，兩年後進入英華書院，畢業後擔任該校教員。他一直在尋找救國道路。滿清頑固派鎮壓百日維新，義和團暴動引發八國聯軍侵華而簽訂「辛丑條約」，國民終於認同必須推翻滿清政府的專制腐朽，實行民主革命方能救國民於水火，以達國家富強目的。孫中山先生領導的中國同盟會成立次年，一九〇六年陳金芳到菲律賓高校任教，毅然加入中國同盟會，革命勝利後回國任同盟會駐廈代表。

一九一五年底，袁世凱復辟引起舉國沸騰，不少地方響應孫中山號召，起兵討袁護國。陳金芳被委任為中華革命黨閩南支部財政科主任。他將自己的住宅作為革命指揮部，與許春草、許卓然、葉青眼、宋淵源等人策劃革命活動。他們發動了兩次光復廈門的起義，但都以失敗告終。即便如此，陳金芳仍冒著生命危險接待黨內同志，洪憲帝制收場後，更積極支持孫中山的事業。在往後的幾年時間裡，凡有國民黨員（胡漢民、蔣介石、朱執信、吳稚暉等）來廈或途經廈門，都得到他的掩護和照料。

陳金芳不僅是政治家，而且是個教育家。他熱衷教育事業，先後擔任英華中學教員和美華中學校長。一九二四年創辦中華中學，長期擔任該校校長。

陳金芳小兒子陳傳達，一九一九年生於鼓浪嶼，在音樂上有相當天份和造詣。廈門淪陷後他與哥姐經香港往菲律賓。旅菲期間年輕人積極向群眾宣教抗日歌曲，鼓舞當地人民和華僑的抗日鬥志。後來陳傳達與幾個愛國青年經香港入雲南，千里跋涉到重慶，最後進入上海國立音專學習聲樂。日本發動太平洋戰爭後，國立音專停辦，陳傳達不得不回到家鄉鼓浪嶼，以其優越的音樂素養執教英華書院[1]。

但陳傳達的工作決不止於一份教職，他接受鼓浪嶼三一堂歌頌團團長朱鴻謨的邀請，執掌該團指揮棒。後來大川正耍了分裂教會的陰謀詭計，教會執事朱鴻謨、廖超勳相繼被日本人抓走，此間歌唱團的全副擔子就落在這個小伙子肩上。

二

兩人徘徊在美華沙灘上，一邊散步一邊聊天。英華音樂教師陳傳達成了歌王張天賜的老師，傳授大自己十八歲的流行歌手如何運用丹田唱歌。以他的聲學理論，聲音是因為空氣振動聲帶經過共

[1] 其時被日偽改為「二中」。

鳴而成。

「唱歌要注意三個R，即Resonance（共鳴）、Relaxation（放鬆）和Respiration（呼吸）。簡單地說就是用腹式呼吸，人的肚子柔軟如汽球，因吸氣橫隔膜下降而膨脹，讓空氣充塞於肺的上、中、下葉，空氣充足共鳴便好了。」小老師做呼吸示範，要他的老學生跟隨。

海風飄來有些瘖啞的管風琴聲，誰在彈奏莫札特的《小星星變奏曲》。小先生即場發揮：「發聲器官如風琴的構造，呼吸相當於風箱，倘若風箱漏氣了，或是氣量出入不流暢，則不論發聲共鳴的部分多好，也徒勞無功。腹式呼吸能減輕肩部的緊張，也可消除喉部、頸部的緊張，避免發出效率差又難聽的聲音。」

他命令老學生躺在沙灘上，在其肚子上壓下自己一沓厚厚的樂譜，要求張天賜放鬆到呼吸時書本能隨著肚子上下起伏，稱之為「正確的腹式呼吸」。

回去練習吧，老師表示下課了，可以談點別的。

「小先生似乎很不開心。」張天賜望著老師的眼睛，不明白一個前途無量的音樂家，且有良好的家世，為何總是流露悲傷的眼神。

「我可以稱您大哥嗎？您就當我小弟好了。只要大哥您不嫌棄我的特殊身分——台灣籍人。」他滿腔憤慨地說：「我明明是中華民國國民，為什麼說我是日本人統治下的台灣籍民？我從香港回來的通行證，明明寫的是中國人。」日本人命令他剪光頭，他一向拒不執行，上操時用帽子將頭髮遮掩住。

原來小兄弟為此所困！多少台灣人因「日籍」二字專橫跋扈，有的還憑此大發國難財，有的為做生意贏利或減少麻煩，千方百計加入日本籍成為日籍台灣人。作為台籍人士可以享受某些優惠政策，過著比淪陷區百姓更安然平靜的生活。傳達弟兄卻怨恨自己的台籍身分，情願選擇反抗而逃亡，拋灑一腔愛國熱情作犧牲，只為維護中國人不可侵犯的尊嚴！大哥深深地受感動。

張天賜明白年輕人的痛苦又無力相助，細想汪宗海有多少人拚死協力，何等艱難才登上小船，結果還是要泅渡。汪鯤的成功依靠的是意志和體力，還是上帝的眷顧？可這事又不能講出去。自己何嘗不想去後方？奈何不是游泳健兒，身上的擔子也重。妻子已大腹便便，嬰兒的衣物及大人用品岳母已準備好，醫生說就這幾天的事，最近擔心孕婦夜裡作動不敢太晚下班。醫院是不遠，但鼓浪嶼多坡地不能行車，男人能不在身邊麼？回想孿生兒子的出生和成長全依靠主的保守，現在更是加倍地想念他們。

大哥畢竟比你多吃近二十年飯，勸小弟聽哥一句暫時忍耐，千萬別輕舉妄動。說完張天賜緊握陳傳達之手不放，恍恍惚惚面前的青年變成自己的兒子。陳傳達見大哥眼中閃爍一絲淚滴，神情有些激動，久久沒敢抽出手來。

黃鶯如願順產下女嬰，產房插滿鮮花清香馥郁沁人心脾，兩代媽媽洋溢著幸福。兩天後便可以出院，只差新任母親沒有奶汁，煉乳並不容易買到，如何是好？糧食配給從每月五斤降到三斤，日本人把好米過篩，賣予百姓的碎米中盡是沙子、老鼠糞、甲由屎、油渣粒，女人的時間都用來淘揀這些憑人頭供應的碎米，想找點好米熬粥都難。黃媽媽已經貼了許多私己，家中還是未有豐盛食物，產婦虛弱不已，哪有乳汁餵嬰兒？出生時白白胖胖的女嬰，眼見她變得又黃又瘦，孩子沒能吃飽日夜啼哭，婆婆和媽媽都無法休息。

小弟見大哥最近沒去上課，放學自動找上門來，方知道張天賜的煩惱。嘿，我以為出什麼大事，小弟替你想辦法！你有啥辦法？臭小子你有奶嗎？大哥望著天真的小弟苦笑。反正你相信我就是，我雖不是女人，但未必不能產奶。張天賜盯著對方的臉將信將疑，滿腹疑慮搖搖頭跟著走。

陳傳達帶領張天賜到美華農場。一路上提起美華，講了當年丹麥牧師安理純夫婦勤工儉學辦校的故事。為了讓中國女孩能接受教育改變命運，他們為辦女學籌措資金，經營農場從美國引進種雞，養牛售奶，設計花邊並教學生編織，再運到美國去賣。兩夫妻捨不得吃一隻蛋喝一口牛奶，幾年時間積累了一筆建校資金。雞母山西側石頭山有一幢具美國風格又有閩南特色、就地取材使用花崗岩砌成的教室大樓，取名「安獻樓」，安理純夫婦將之奉獻給教會，即是當年「美華女子學校」的雛型。

而今美華學校幾棟樓均被日本人封閉，教會的資金遭凍結，工作人員沒有工資發。學校本來就有大片土地，安息日會洪牧師教下屬種菜種糧自耕自足。日本人見到這些人有地種，即派一個台灣人來管理，將美華農場改良了的好耕地統統霸佔去。後來學按據理力爭分得一些貧瘠的坡地，再開墾荒地養羊餵雞，生活方不成大問題。父親陳金芳曾任美華學校校長。小弟帶大哥找到洪牧師，陳述了張先的女兒沒有奶吃之事，請求出售一隻剛生產的母羊，好讓小女嬰平安長大。熱情的洪牧師爽快地答應，他女兒還送上一擔剛割下的嫩草，交代母羊吃完了隨時來取。因為陳傳達，張天賜與洪牧師一家遂成為好朋友。洪家子女多，孩子們腦子靈，見到張天賜都取笑稱他「歌王兄」。

洪家聰明的孩子們發現新大陸，偶爾見到沙灘上的死魚靈機一動。除夕夜天很冷適逢大潮，天亮前退潮時海水刷過灘塗，加網魚[2]在浪花中被凜冽寒風凍死，全家準備天明去撿魚。孩子們準備好撈魚的工具，用鐵絲扨成一個圓圈，將破蚊帳布套成網狀綁在竹竿上。天還未亮，為了避開日本兵，他們穿過鼓浪石沿著石頭踩在冰冷的沙灘上，走到灘塗與海水交界之處。

天色微光可見沙灘上閃爍耀眼，東一條西一條瀕死的魚，海面上則漂著一大片銀白色。天寒地凍人皆躲在被窩中，海灘上面空無一人影，只有這班冒嚴寒赤腳穿短褲的孩子。沒帶網的在灘塗上拚命撿拾，將魚扔擲成一堆堆；帶網的浸在潮水中用力捕撈，許多魚兒嘴巴還一張一合地。天朦朦亮時分，牧師娘帶著簍子來了，裝滿一大簍，足足一百斤有餘，把孩子們高興死了。感恩上帝賜予美食！由於天陰沒太陽無法曬魚乾，他們遂決定趁新鮮分給左鄰右舍。洪牧師記掛著缺奶的黃鶯，送上一大盆鮮魚，吃了葷腥果然乳汁就下了。

民國三十二年（一九四三）日軍為慶祝太平洋戰爭兩周年，強迫學校組織遊行。規定兩人一排組成隊列，一列發日本旗，一列發汪偽漢奸旗。不曉得誰教的，小朋友竟然那麼聰明，領到漢奸旗的把旗子黃尾巴撕掉不要，剩下的大半便成了青天白日中國旗；領到日本旗的偷偷扔入陰溝再去找老師要。老師也記不清是否發給過誰誰，又拿出新的給他。若是再取到漢奸旗子，照樣把黃尾巴撕

2　一種魚名。

掉剩下青天白日部分；若是領到日本旗扔掉再來一次，直到拿到中國旗。遊行結束時，竟然全部是中國旗！

集會呼喊口號時，如帶頭人叫「大日本帝國萬歲」、「皇軍萬歲」，臺下蚊子般的回應。當喊起「中華民國萬歲」，聲音整齊洪亮雄壯，氣得臺上的日本人和台灣人直跺腳，拿那麼多學生他們也沒辦法。台灣人把老師叫去罵了一通，以後就不再組織這類遊行以免出醜。

三

民國三十三年（一九四四）是最困難的年頭。日本發動太平洋戰爭觸怒美國，小東洋的末日不遠了。臨近敗亡兵員缺乏的日軍垂死掙扎，迫令所有住廈台籍青年參加軍事訓練、組織警防團。陳傳達明明出生鼓浪嶼，卻因父親幼時居住日本統治的台灣被劃歸台籍，其子在被征之列。小伙子面對日本人威逼，其反抗決不僅是發幾句輕描淡寫的牢騷，而是準備付諸實際行動。

聖誕節即將來臨，小伙子在籌備指揮一場盛大演出，必須先作隆重排練。這三、四年來，年輕的音樂家親自填詞作曲，創作十幾首聖詩，《聖誕頌》、《基督復活》等讚美詩流傳到海內外，被公認為民國時期卓越的音樂家。三一堂歌頌團今年獻唱的詩歌出自其手：《主啊，我要更愛你》。詞曲表達了年輕人的心聲，決心為正義獻身撒血。

主啊，我要更愛你，
主啊，我要親近你，
凡事討主歡喜，合主你的旨意，
有時遭遇試煉堅信不移。
懇求聖靈充滿我心，忠心把福音傳開，
雖然魔鬼設計陷害，靠我主永不失敗。
主啊，我要更加愛你，一生日子永不息，
做事都要讓主歡喜，因為我屬於你。
主是生命的道路，我要跟隨主腳步，
無論境遇多艱苦，我要倚靠主耶穌。
主晝夜看顧，主時刻保護，
主賜我平安，除我一切愁苦。
主啊，我要專心愛你，願意為你獻自己，
我願一生堅信不移，只要遵行你旨意。
主啊，我要決意靠你，賜我力量更有餘，
一生路程活在主裡，主我願更愛你。

幾十位歌者分男女聲二重唱，三一堂高曠的穹頂上餘音未絕，歌者聽者相擁而泣，久久不願散去。歌詞既有普通話，也有閩南語和客家語，至今傳唱不息。

音樂天才知道日本人不會放過自己，一直考慮怎麼走，在哪處下海比較安全，該找誰替他放風等問題。小弟告訴張天賜，幾次三番想偷渡去內地沒能成功。再不走就會被捕，不能猶豫了。

一九四五年六月七日夜，陳傳達約定兩名台籍青年，決定到廈門港搭乘小船逃亡。為了分散敵人注意力，那兩人走在前頭先上船，他則落在後面，與他們保持相當距離，免得通統落網。當陳走到南普陀寺附近時，被打著手電筒的敵探攔住去路，之中有人認出他是鼓浪嶼的歌唱團指揮陳傳達。

「呵，好像是陳傳達？」兩人互相咬耳朵。

陳傳達鎮定地回答：「我叫林阿發！」

敵探再問：「你認識陳傳達嗎？」

陳傳達堅持：「不認識！」

否認及敷衍敵探後，陳傳達怕連累兩位朋友不敢去搭船，摸黑向五老峰攀上去，越過山崗在山背面找到一石洞，此時困乏至極躺在地上睡去。天朦朦亮時醒過來，方發覺竟然睡在紫雲岩上。小子急忙下山渡海回校，幸好路上沒碰到熟人，洗澡換衣服後又照常上課。僥倖躲過一劫的小伙子心裡明白，敵探必立即去報告上司，他馬上會受到日軍監視。之前多次託病不參加軍訓不去挖戰壕，卻又生龍活虎地出現在歌頌團指揮席上，早以引起日本人的不滿和懷疑。

第二天傍晚，因為女兒不舒服張天賜請了假，只是心有感應似地掛念陳傳達，決定去看他。只見小弟神色頗為緊張，也不客氣寒暄，邊吃晚飯邊對他說：「今晚我有件不能洩密的要事做，大哥能不能幫助？」放下飯碗拖著張天賜眉頭緊鎖走出家門。「昨晚在廈門港沒能成功出逃，估計今晚警探一定會來抓我。我決定等會兒退潮泅水過去，請大哥替我望風。」

大哥說，隻身橫渡根本不安全。小弟卻不以為然，說他泅水跟人家走路一樣，毫不費勁。他已選擇在鼓浪嶼燕尾頭下海，泅往大嶼或嵩嶼。張天賜陪著這位兒子般大的小弟，兩人躲過四叢松日台人混合的崗哨，一路來到燕尾頭海邊。陳傳達當即脫下外衣，將隨身物品束在腰間，扯下領帶和內褲帶扎在褲管上，腳穿皮鞋就要下海。大哥說，你瘋了，扔下所有東西！小弟卻道，有什麼難度，憑我一向的身手，一千多公尺距離不在話下。我很快就可以遊過去，大哥看著我下海，就當弟弟已經到達彼岸了。

因為完全沒有退路，固執的陳傳達一意孤行，面向憤怒的海潮、凜然的浪濤，莊嚴宣告毅然出發。張天賜惟有對著大海作禱告，祈求神憐憫祂的兒女。眼見影子越去越遠四圍風平浪靜，張先才轉身摸黑回家。黃鶯說孩子仍然不肯睡，哭鬧了大半夜，吵的一家人心煩。「我的眼皮從黃昏跳到現在，總算等到你回來了。」然而丈夫口中不語心神不寧，跪在蒲團上徹夜誠心禱告，沒能闔眼。

次日淩晨，幾個日本警探果然到陳傳達住處找人，撲空後去其父陳金芳家，恐嚇脅迫要他交人。如此連續三天，不分晝夜騷擾。六月十一日傍晚，漂浮於康泰垵腫脹的一具屍體證實陳傳達的死訊。老來喪子的陳金芳見到兒子右眼突出，乃手槍子彈從後腦貫穿右眼所至。抱著愛子的屍體，他沒有流淚沒有號哭，放入薄薄的棺材中。白髮人送黑髮人，老父大受打擊病重臥床，繼而精神錯亂。

當晚歌王在鏗鏘的鋼琴伴奏下用閩南語唱頌《基督復活》。蒼老的琴音、憂傷的歌喉，摯誠地獻給摯友，那位因義而死的年輕人——琴島天才音樂家。

基督今復活，
祂戰勝死亡從死中復活，
永遠復活。
主為我受死使我因信成義，
榮耀、尊貴歸於被殺羔羊。
因祂得勝墳墓，無復死亡。
我主受死三日復起，
墳墓關不住祂。
我們應當歡喜，
傳揚我主聖名……

臺上歌者淚落如雨，臺下聽眾哽咽哭泣……

第十章　重見曙光

一

一九四五年八月十五日日本戰敗投降，其侵佔的中國領土全部歸還中國，包括甲午戰爭中割讓的寶島台灣。國民政府著手組織受降事宜，中國海軍總司令部任命劉德浦為廈門要港司令，令其迅即赴廈協助海軍第二艦隊司令李世甲進行接收工作，時間訂於九月二十八日。李世甲主持完受降儀式即日接到海軍總司令部電令，派他為接收台灣日本海軍專員，須「克日前往」。李世甲踏上台灣光復行程，台灣光復之舟從廈門啟航。

十月三日，成千上萬廈門同胞擁集廈鼓兩岸，高舉中、美、英、蘇盟國旗幟縱情歡呼，歡迎行政接收長官船隊，歡慶廈門大地重光。嚴澤元傳令三艘汽船於鷺江海面上環迴三巡，向同胞致敬並示慰問。此時船上軍號齊鳴，軍樂與岸上喧天鑼鼓相呼應，同慶光復。船隊靠碼頭登岸時，日本官兵善後聯絡部長原田清一、總領事永岩彌生脫帽恭立碼頭，向我登岸人員一一鞠躬行禮。同胞們扶老攜幼熱淚縱橫，盡情傾瀉七年淪陷的積鬱，慶賀大地重光。此日颱風來襲暴雨交加，大街上高懸的綢緞彩旗在颶風中飛揚，一片急需重拾頹敝河山的壯美景象。

十月十二日台閩試航成功，首隻台灣貨船抵達廈門，船主以台灣既已返歸祖國，請以國貨待遇報稅。這條貨輪是自日本侵佔台灣半個世紀以後，首度以「國輪」身分登陸中國大陸的第一艘台灣船隻，它駛向的目的地乃和平碼頭。舊時這一帶稱為媽祖宮碼頭、水仙碼頭，時常有許多台灣船隻在這裡停靠。這是廈門歷史上新的一頁。

張天賜回到廈門家中重操舊業。原本該回鄉去探母親妻兒，無奈水陸交通尚未恢復過來，惟有先找事做耐心等待。隨著國民政府接收大員的到來，許多私人企業陸續開張，建築業自然而然蓬勃發展。聽到舊老闆恢復營業，舊屬下、新員工都來找飯吃，卻未見他最牽掛的方師傅諸友。後來詢問蓮阪來的工人，才知道方師傅和幾個兄弟當年奔赴內地戰場，均已光榮犧牲。張先悲傷不已悵然良久。

倒是大哥和妹夫接踵而至。汪宗海完成刺殺澤重信返回內地，蘇群英、張天佑相繼偷渡回漳州，繼續他們各自的任務。今天的大哥已非地下情報員，汪宗海也不必再當殺手，他們希望過回老百姓的平靜日子，不必再提心吊膽。張天佑欲與汪宗海聯手經營漳泉廈水陸運輸。汪宗海已回崇武盤點家業籌措款項，大哥苦於沒有產業變賣難以入股合作經營，甚為苦惱。張天佑、張天賜既是親兄弟又是生死之交，大哥的事即是自己的事。弟弟立即將公司業務交予妹夫，兩兄弟連袂搭船返鄉。水路十分暢通，順利抵達崇武。

老家還是八年前的樣子，門面並不因為男主人在外而予人淒楚之感，房子一向有妹夫修修砌砌也算過的去。一對木樁子似的少年杵在堂前一言不發，不曉得該如何與闊別八載的生父親近。祖母一頭青絲已成暮雪綰成髻，讓侄媳婦扶著的姆婆（祖伯娘）有些兒巍顫顫。不見伯爺爺步出廳堂，美淑吞吞吐吐道，老人臥床不起近年，一直支撐著在等你們歸來。

天佑、天賜兩兄弟聞知迅捷奔入西廂房，一人握住老人一隻青筋凸出瘦骨嶙峋的大手。大哥忍不住號啕大哭起來，「兒子不孝！兒子該死！」惜父親已不能言語。弟媳婦捧來一壺茶，勸兄弟莫傷心過度，大伯心裡其實很清楚，他要你在恩典、恩惠中選一人為繼子，長房需要有後繼之人。我的兒子即是你的兒子，你就從了伯父吧！

張天賜很感激妻子賢慧，自己實為兩棲動物，擁有兩位好妻子、一對帥哥兒子、一個漂亮女兒，而大哥忠心為國不敢有家累，至今沒有成家。他哽咽著對兄弟點頭，表示贊成家人的主張。當天兩兄弟登堂入室拜訪族長族人，邀請族中長輩明天到府上一聚。

第二日擺酒兩圍宴請長輩，兩個傻小子不知所措，任由老人決定他們的前程。雖僅早出生半個時辰，恩典終歸算是長兄過繼給長房，先隨生父天賜到廈門讀書，他日則由養父即伯父決定去向。年輕人無甚所謂，早就盼望離開鄉間進城，跟誰還不一樣？況且兩個父親對他們而言都是陌生人。

完成此舉伯父安然闔眼，張家在後山開了一片墳地，圈成墓園將之安葬。不必打仗了，人人爭著置業生產，崇武人最能幹的是經營船務運輸，張天賜將兩條船賣了好價錢，一半交給大哥去經營，小半帶家眷回廈門花用，兩個孩子在鄉間讀完初中，繼續升讀高中直至上大學需要許多費用。只是母親不肯走，她願意留下來陪大嫂，兩妯娌相約相伴到老。為此張天賜將一部分銀錢藏在老家。

二

張恩典和張恩惠一胞所出，別說外人分不出哪位是兄哪位是弟，就連他們的父親也一下子難能辨別。不過妻子告訴丈夫一個竅門，兩兄弟的性格完全不同。通常哥哥處於動態弟弟則是靜態，或許正因為如此哥哥先搶鬧出來。丈夫笑了笑，說恩典好動跟大哥做生意倒合適，恩惠好靜就讓他多讀些書，興許將來做個學者。

提到孩子，首要給他們找學校。內遷平和小溪的雙十中學就要回遷，「大舅子」想起「小舅子」來，張聖才是雙十中學創辦人！分別多年也該打聽他的下落。

民國三十五年（一九四六），張聖才回到廈門放下左輪，一面重捧聖經一面奮戰商場。他先創辦「廈門互惠實業有限公司」並任董事長，同一年在上海組建「啟南實業公司」兼任董事，辦「福建農林公司」任副董事長，兼任「中國工礦銀行」董事。大哥揶揄老弟唱的是哪一齣，掛這麼多銜頭，隨便一個都會砸死人哪！小舅子說，不用打仗了，總得做點實業，不然吃什麼？哥你不也做回老本行！張聖才若果真把精力投放到經商之上，成為腰纏萬貫的大企業家並非啥難事。只惜小舅子天性單純豪爽，又常常帶著博奕的衝動，性格決定其多舛的命運，從來不曾如姐夫許春草淡然處世。此時或許為了進行掩護地下工作，張聖才用經商改變其社會身分。

聊起家務諸事，提到兒子的升學事宜，身為兄弟的馬上截住，說哥你不就想我介紹兩個侄兒入讀雙十嗎？打住打住！我這人一向反對走關係，你直接帶他們去學校報名，職員自會作考核再決定結果。大舅子有些臉紅，慶幸沒開口就給堵住，否則太難堪。他明白小舅子就是那樣的人，大公無私從不為自己人謀利益，難怪公司名堂一大堆，沒有哪樣做的起色。董事長家的公子冬天要打赤腳，為了救治患肺結核的青年會幹事張博文，張聖才竟賣掉兒子的鋼琴。

兩人結伴去看姐夫。

抗戰八年許春草奔走南洋各地宣傳抗日，聲嘶力竭席不暇暖，所到之處無不受到僑胞熱烈歡迎。忠實的基督徒在教會中有相當的信譽，對華僑的宣傳解除了各地基督徒的精神顧慮，放心投入抗戰，也算是一種獨特的貢獻。南洋淪陷後許春草返回祖國大後方各省，到處有他的足跡。不論多麼危險，即使在敵機密集轟炸的日子，每日清晨他必按時刻尋找安靜地方，或山上，或水邊，為祖國祈禱。

張天賜真心敬佩他們，姐夫是凡事禱告的信徒，小舅子是賦予行動的信徒，但都憑藉聖經作其後盾，那是他們精神上的依傍。

來到鼓浪嶼當然要上黃家，勝利後他腳不踮地，很久沒上門看妻女。張天賜已經將從家鄉帶來的東西分出去兩份，留在手中一份是慰勞黃媽媽的。看到這些鄉下土特產，自然明白女婿回鄉探親而不是有意疏忽。

爸爸！三歲的女兒撲到老爸身上。妞妞大名張安歌，安歌出自楚辭《九歌・東皇太一》：「揚桴兮拊鼓，疏緩節兮安歌」，唐詩有句「橫吹多淒調，安歌送好音。」老爸充當過琴島歌王，聽眾經常頻頻要求「安可（Encore）」，媽媽還替女兒取英文名Angel，意為天使。

抱著愛女上樓梯，張天賜方發現家中來了客人，其實搞錯的反而是他本人。幾年來鳩佔鵲巢反客為主，人家是如假包換的主人。黃鶯父親回國了。

張天賜並非沒見過世面，大庭廣眾一開聲便顛倒眾生的歌王，而今如斯尷尬，恨無地自容。老泰山必已知曉女婿的雙棲身分，他卻是什麼託辭也沒準備就上來了。這回真是醜婿見家翁了。

來來，天賜！喝杯馬來亞霹靂州首府怡保產的白咖啡。老人是個明白人，一點不為難年輕人。其他事問也不問，只說這一趟要帶妻女去南洋，已經買地蓋了新房子，那邊有很多華人生活很快就會習慣。他還提到勝利後經濟復甦，建築業的前景已經可以預見，賢婿如肯一同南渡前途當無可限量。

女婿語塞。

怎樣向黃家解釋必須承擔自己家族的擔子，兩個兒子尚未成年，戰爭年代將他們扔在鄉下出於無奈，現在需要補償而非逃遁。元配沒有埋怨是她的寬宏大量，兒子們會怎麼想？抗戰八年造成父子間的裂隙太深了，惟有極力縫補修復。為人之夫，為人之父，有何顏面再次拋棄他們？

他是那麼愛黃鶯和安歌，願意為他們做任何事，將愛的砝碼加在母女這邊。男人不能給予名正言順已經造成某種傷害，女兒長大了或會怨恨，在良心上為父已寢食難安。但是她們還有黃家父親這棵大樹福蔭。而張恩典、張恩惠，連同老妻、老娘、伯母，甚至兩家妹妹，張天賜是他們的主心骨、家族的頂樑柱。叫他如何連根拔掉自顧自去南洋？

安歌聞著外公和爸爸的咖啡，賴在父親懷裡直到沉沉睡去。今夜走不走？他本來一直在考慮這個問題。走不脫是正常的，做父親的逃匿，對孩子傷害更大。他也該與愛人仔細商討，咖啡因令他興奮無眠。溫存之後攤牌有些殘忍，但交代清楚才能解決問題。摟著愛人懇求她，去那邊為安歌再建一個小家。不能相濡以沫，但求母女幸福，他會天天向主禱告。

黃鶯不是庸俗婦人，早就清楚男人的選擇，愛上他的那刻起，就洞察他的為人，從而也明白最後的結局。既然男人不能給妻女一個完整的家，就放過他，自己去尋覓另一條出路，說不定前景更光明。母親那麼愛父親，不能讓他們再分開，做為女兒應該陪伴他們到老。主已經安排一切，為我和孩子作指引，安歌是上帝送給黃家的安琪兒。

見黃鶯那麼聰穎善解人意，張天賜羞於自己小人之心，來得更勤。黃鶯父親明瞭男人的為難，不但不勉強反而嘆服。魚與熊掌不可兼得，順其自然相敬如賓。出國手續都辦好了，黃家小樓也出售了。戰爭譜寫了他們的戀曲，期待而至的勝利卻為之劃上休止符。遠洋郵輪帶走至愛的母女，小安歌一邊揮手一邊哭，為什麼爸爸不上船？媽媽流淚告訴愛女，爸爸做完手上的工作會來找安歌。

三

兩個兒子都被雙十中學錄取進入高中，成績斐然。哥哥恩典喜愛理工科，希望將來當建築工程師，克紹箕裘；弟弟恩惠愛看小說、散文，經常投稿學校詩社。民國三十七年（一九四八）四月廈門大學兩次組織罷課，四月中聲援支持北平學生反迫害鬥爭，四月底抗議政府殺害成都請願學生。五月份廈門成立學生聯合會，中學生紛紛加入，反對美帝武裝日本。兩兄弟明年高中畢業，恩典躲在圖書館埋頭溫習數理化，恩惠自詡左翼詩人，積極參與愛國運動。哥哥認為弟弟好出鋒頭不務正業，弟弟諷刺哥哥死讀書逃避政治，時時爭得面紅耳赤。年底廈大師生又舉行示威遊行，不滿貨幣貶值，要求售平價米，兩人又開始爭議了。父親怒喝道，兄弟鬩牆啊？哥倆方才住口。

過了新曆年世道更差，金銀券瘋狂貶值，人心惶惶不可終日。老大的書讀不下去，跟老爸上工地；老二天天在外面跑，一傳說有學生被捕，全家人都擔心死了。打日本有既定目標，同室操戈該怎麼辦？一九四九年一月二十七日（農曆除夕前一天），從上海開往基隆的太平輪預訂上午十時出發，因等待裝運中央銀行的一批銀元延至下午四時才啟航。搭載的最後一批乘客共近千人（有票乘客五百人，船員一百多人，無票者約三百人）；另載有沉重貨物，包括六百噸鋼條、《東南日報》印刷器材與白報紙一百多噸、中華民國中央銀行重要文件一千三百箱、迪化街訂購的南北貨等等。

輪船嚴重超載超速，夜間航行為逃避宵禁沒開航行燈，將近零時在舟山群島海域的白節山附近與一艘載著二千七百噸煤礦和木材，由基隆出發的「建元輪」相撞。兩船相繼沉沒，逾千人罹難，僅只五十餘人生還。沉船附近海面漂浮著許多珠寶首飾、佛像牌位、木箱、棉花等，把附近漁民的眼睛都看花了。

有一夜張天佑突然出現在兄弟家，坦言告訴弟弟生意打水漂了，上面通知他們馬上撤退，就在數日內赴台灣。之前他已經稟報上級，當年張天賜身為抗日外圍組織成員，自始至終置個人生死於度外，支援軍統特工執行殺敵行動，提著腦袋查探、傳送情報，冒著生命危險安排船隻，在敵人心臟之處送上吃食，最後還掩護勇士過海成功偷渡。此事汪宗海本人親自出面作證。頭頭們商議後同意讓張天賜一家跟他們一起赴台。

「我和宗海搞運輸有的是船，弟妹快打點行裝做好準備。」大哥不斷催促。

豈料張天賜並不領情，說還有咱妹妹兩家人怎麼辦呢？鄉下兩個老人誰來供養？小兒子恩惠甚至嗤之以鼻，說國民黨那麼腐敗還跟他跑，新中國即將誕生，誰願意去誰去，好歹別捎帶上我。惟有恩典沒出聲，他已經過繼給了天佑，沒有選擇。從伯父口中大兒子已瞭解生父為人，當年將一家人送去鄉下避難，他個人是做了殉國的決心。至於父親另有家室，很可能是工作上的需要，曾經誤解及錯怪了老爸。做哥哥的也曾去鼓浪嶼偷窺妹妹，那是一個多麼可愛的小精靈！血濃於水的親情令為兄的幾欲產生抱之親吻的衝動。

張恩典跪在父母面前磕了三個響頭，求二老恕兒子不孝。又對恩惠拱手作揖道，咱爸是抗日英雄好漢，做兒子的以他為榮，日後弟弟要代為兄的照顧父母，辛苦了！當晚含淚垂頭喪氣跟伯父走了。雖說兒子過繼給長房夫妻是心甘情願的，但臨到分別卻幾乎崩潰。母親哭得喘不過氣來，父親再一次遭受致命打擊，兩年前才送走黃鶯母女。

為什麼中國人要打中國人？為什麼兒子要離開母親？為什麼兄弟要相殘？為什麼？為什麼？這些問題困擾了張家逾四分一個世紀。

第十一章　分道揚鑣

一

一九四六年三月十七日，「戴機撞戴山，雨農死雨中」，國民政府軍統局局長戴笠飛機失事，注定了國民黨敗退台灣。蔣公說過：「戴雨農同志不死，我們今天不會撤退到台灣。」周恩來也說：「戴笠之死，共產黨的革命，可以提前十年成功。」曠世奇才、時代英豪、混世魔王、政治殺手，世人對戴笠的認識反差極大。戴笠死後舉國悼念，很少流淚的蔣介石真情流露，灑淚贈挽聯曰：「雄才冠群英山河澄清使汝績；奇衲從天隆風雲變幻痛予心。」

軍統局正式宣告結束，改組為國防部保密局。抗戰期間擔任雙面間諜，出生入死立下赫赫戰功的林頂立出任保密局台灣站站長。他上任碰到最諷刺又最具爭議的便是一九四七年的二二八事件。歷經五十年殖民統治的台灣，終於有了擺脫不平等待遇的機會，台灣社會歡欣鼓舞迎接祖國。然而接收官員和行政人員貪污腐化，或公財私用，或擅賣公產，令人髮指。民間甚至把「接收」稱為「劫收」。

政治上台籍人士也沒有公平參政機會，台灣省行政長官公署二十一名高層人員中只有一名台籍人士，令滿懷期待的知識份子相當失望。在台灣殖民地成長、在日本宗主國接受精英教育的知識份子，他們多麼渴望釋放被壓抑的民族情懷！國民政府在經濟上繼承日據時代剝削人民的專賣制度，強調內戰需要台灣供應戰爭物資，接收官員無恥地牟利導致通貨膨脹嚴重，令台灣百姓生活更加困頓。文化落差尤有爭端，日治時期台灣已經奠定法治基礎，國軍卻以統治者姿態違法橫行，令人民深深反感。語言上官話與閩南話欠缺溝通亦導致衝突不斷，埋下二二八事件的社會悲情因素。

原本可以和平解決的問題用槍去鎮壓，終究成為悲劇。林頂立，一個厭惡日本統治、回歸祖國效命蔣介石的人，當他找到自己的權力舞臺回到家鄉時，卻必須將情治工作的重點轉向自己的同胞而不是敵人，想必是他始料未及的。此後他的名字脫不了與「二二八兇魔」聯在一起，因為他領導的「行動隊」和軍警「義勇總隊」奉命鎮壓人民。林頂立被稱為「半山派[1]」。對這種黑白通吃的人物可謂一言難盡。

找找咱們的張天佑父子吧。幸虧他們早走了一步，雖然有自己的船，但若移後數月，蔣軍兵敗如山倒，私人的船隻或者被人搶劫，或者上了船被人踢下海。真是「跑的快，好世界。」

太平輪事件令海面沈寂了好些日子。張恩典隨伯父到漳州，見到兩隻漂亮小輪已經準備好出發，分別運送汪宗海和張天佑兩家人。他們靜靜地啟航，岸上沒有人來送別。水路上父親掌握方向盤言傳身教，兒子洗耳恭聽一一銘記在心。

1 原籍台灣，日治時期旅居唐山，抗戰勝利再回臺灣的國民黨人。

其實汪張兩人早已看透政局，決定盡量收回部分本錢結束生意。非常時期人人想逃難，沒有人接手燙手山芋，兩人可謂絞盡腦汁。做生意本來就是人欠我、我欠人，除了加緊追收外欠，欠人則能拖就拖。先將兩艘最新型載重量最大的輪船送去造船廠檢修油漆加固，貸款利息一味拖欠，銀行催的緊就拋出所有舊船隻，讓債主估價債仔還欠。

最後一招更絕。其時經營船務須向海關繳押金，防止通漲全部以真金典押。兩人收回檢修的船隻，替人允下一批貨裝箱運載。加足燃油添置所有必需品，儲存糧食淡水，搬上私人所有家當，辦理好一切公文，最後再約請海關主管喝酒吃飯。汪宗海與之攤牌，保密局調遣赴台，生意折了押金請如數奉還。這家伙知道汪氏軍功赫赫，保密局不是吃素的，況且不日或爭取機會派往彼岸，也有個朋友好投靠，倒是欣然應若辦理手續。成功到手的金子日後必有大用。

張天佑遺憾的是弟弟不肯走，除了私下帶的貨到埠可以出售，其他家具箱籠全是生活必需品，足夠一家人用的。兒子啊，現在咱爺倆只要平安到達，暫時不缺吃穿。但是將來的日子尚未有著落，上岸先紮穩根基，待有機會再考慮升學。幸虧咱講閩南話沒有語言障礙，兩條光棍湊合著過吧。兒子聽了父親的籌劃十分感動，將伯父等同父親，自始至終孝順恭敬服從。

抵達基隆後張天佑與汪宗海咬了一輪耳朵。宗海啊，你箇少年（年紀輕），功勞簿頂有名字，領政府一份俸祿騎（住）公家宿舍天經地義，囝仔（孩子）要入城讀冊（書），船不如租給人載貨。老兄弟年紀大了，該在（幸虧）有一個囝接班，阮就唔去應卯拿伊三兩塊銀救濟。阮爸囝（父子）就店（在）基隆歇腳替你看船。你看在理吧？若有啥空頭（好機會）報串，介紹阮囝去讀書學本事，夠額囉（足矣）。

汪宗海極贊成，說會如實向上級反映，發了工資和安置費我替你辦手續代領。恩典不要放棄功課，有機會讀書最好。爾後兩家人分手。汪宗海叫了一輛貨車搬走私人行李，將貨物、船匙和有關文件留下。自此張天佑父子以船為家，做短途運輸生意，替人運送貨物。汪家的船代租出去，收益存入獨立戶口。老人時時上船檢視船身修理機器，替戰友兄弟管理物業。

忙於生計的張恩典與父相依為命，也就沒有時間惆悵。跟父親行船兩年，熟悉島嶼四周水路，除了颱颱風季節較辛苦，還能適應。每到一處上岸，看到大街小巷擁擠著面容淒楚、不知該往何處去的難民，心下惘然。台灣處亞熱帶氣候溫溼四季如春，南部尤其炎熱。難民穿著破棉襖不能脫，因為裡面光身子。收容營內的人依靠配給勉強不受餓，夜晚也算有地方棲身，但是如此「溫飽」豈會令人舒服？靈活的腦子使張恩典預料這島上的地皮準能漲。

有日與父親商量，船雖好避不了大颱風。您老有筆俸祿從未動用，不如向汪叔借一點，咱在附近買塊地蓋間屋，房子蓋好將船租給別人，您擺個小攤我去台北讀書，捱幾年等兒子畢業再謀其他。父親一聽太高興了，說孩子你長大了，頭腦與你父一樣靈活，說的有理。一邊讚嘆一邊進船艙開箱，摸出三條小黃魚，說是你父親賣船給我做生意，錢沒賺到本還在。原先準備大家一起逃難才敢啟用，我私藏很久了。恁伯一世人忠心國民政府從未有私人打算，家族大小事全靠你父親支撐，現在不曉得家人生死，我這心裡難受啊！說著老淚縱橫。

恩典在基隆買了一塊地。自從進城後常跟生父跑工地，耳濡目染，又喜歡幾何學，畫了平面、立體圖蹟，征求伯父意見，計畫請些難民幫手動土。難民中不乏有學識的人才，見他們父子為人殷實誠懇，共同出謀劃策胼手胝足，簡陋的房子終於粗製濫造成功。錢有盈餘，在街上頂了個小舖子，向五金行訂了些小件建材：鐵錘、鐵釘、鋸子、螺刀、繩索什麼的，給父親安排妥當，老人擺起攤子做小買賣。一班蓋房子的兄弟聽說張家的船要出租，覺得肥水不流別人田，合夥租下船及張宅兩個房間。父子體諒他們的難處，沒收按金將生意全盤交託。

張恩典告別父親，到台北報考土木工程上大學去了。

二

張恩惠揮舞學聯大旗開路，後面銅鼓樂、鑼鈸、腰鼓隊、秧歌隊，浩浩蕩蕩環島遊行慶祝祖國解放。之前因國共雙方打得很激烈，犧牲了一千多名軍人，蔣軍終於敗退，鷺島青天白日旗換上五星紅旗。解放軍和南下幹部紛紛進駐這座南邊小島，人民當家做主了。各界進步人士積極組織歡迎支持新政府，腐朽的蔣家王朝終於被打倒，百姓期待新政權迅速恢復社會秩序，以期安居樂業。

五十年代是個驚心動魄的大時代，新舊政權的交替鮮血淋漓。鎮反運動乃鎮壓現行反革命：國民黨殘餘、特工、土匪勢力，死人自然不計其數。光是戰場上被俘的蔣軍官兵，被判坐牢、勞改、遣返監督；紮山寨頑抗當場擊斃殲滅、漏網被捕獲執行的，還會少嗎？至一九五二年底，處決人數七十一萬餘，占總人口千分之一點二四。肅反則是針對暗藏的敵人，加上「胡風反革命集團」，牽涉範圍就廣了，黨政機關、民主黨派、團體、工礦企業、學校、農村、街道、私人企業，以百分五的標準進行清理，至一九五六年底受打擊人數達一百四十多萬。

農村中的土改運動如火如荼。首先劃分階級成份，將農村人口劃分為僱農、貧農、中農、富農和地主，中農又有上、中、下之分。地主及時打擊；富農淪為賤民，不斷遭受壓迫；中農可團結；貧、僱農則是依靠對象。與人人平等的共產主義思想完全悖逆。土改死亡人數超過百萬。

抗美援朝本是朝鮮違背國際協議挑起事端欲武力統一朝鮮，美軍仁川登陸扭轉戰局反敗為勝。剛剛平定的中國文武官員均希望和平建國無意參戰。或是領袖不願司令們擁兵自重，藉此機會削弱部分軍人權力，中國人民志願軍終究雄糾糾氣昂昂，跨過鴨綠江。犧牲了親征的太子，匪夷所思……眾說紛紜莫衷一是，留待歷史學家去評說吧。

張天賜確無參與反動黨團記錄，那些加入國民黨、三青團的「歷史反革命」就永遠說不清了。老家沒田地和產業也算是貧農之子，自己倒是始料未及。然而他本人是小老闆，僱用工人即有剝削成份，公私合營就是要把這類人解決掉；至於信奉基督教，更需要加以洗腦，一場接一場的運動就要改造來自舊世界的人。

張恩惠在學聯初露頭角，廈門大學中文系錄取了這位青年。年輕詩人意氣風發地奔光明前程，寄宿學校去了。父親與石灰泥漿打交道，與建築工人為伍令他覺得低俗。他立志成為新一代詩人，似蒼鷹翱翔藍天搏擊長空，如海燕弄潮激起浪花點點。他討厭父母給予帶宗教色彩的名字，堅信命運掌控在人的手中。

工人們不敢妄自批評時勢，以前的「建築公會」現在叫「建築工會」，帶頭的積極分子都是「苦大仇深」的舊社會底層，極速成為黨員幹部。天曉得有些人不肯學藝，永遠成不了師傅，只有打雜的份兒。有的離不開煙茶酒，有了錢去嫖賭，養不起家沒女人肯嫁，只能當光棍。新政府施行新政策無可厚非，張先叫夥伴們老實幹活廢話少說。姓曹的保長被判刑坐牢，老婆沒收入，一群兒女沒書讀，張先可憐孩子無辜，叫兩個大的到建築隊當學徒。雖老死不敢來往，仍存憐憫之心。

今年是解放後首個聖誕節，張天賜特地去鼓浪嶼三一堂做禮拜，順路緬懷一下黃家小樓。做完崇拜大會主持人恭請許春草長老作結束禱告，許春草上臺閉眼祝禱：「求天父感動毛主席的心，讓毛主席認識天地的大主宰，接受耶穌基督這位救主，中國才會有希望，才會有太平。」臺下嘩然議論紛紛。

許春草一生奮鬥的理想，就是要求正義如大水滔滔，公平如江河滾滾，暢流無阻在祖國大地之上。他盼望一個民主憲政的政體出現在中國大地上，只有人民享受到信仰自由、言論自由、無恐懼之自由、不虞匱乏之自由的日子，地面上才有和平，人民才有幸福。

長老口出狂言即刻成為一件大新聞，馬上有人向有關部門彙報。有人認為他故意冒犯偉人居心叵測，也有人說，許春草一生正直，不能往他頭上亂扣帽子。更多信徒異口同聲：基督徒愛誰才會為誰禱告。事情不了了之。親眼目睹長老不畏權貴我自巍然不動，張天賜「敬草」如故。

之後的一場場運動接踵而來。建築工會集中千人進行學習討論，把矛頭對准許春草。然而鬥爭會場出奇地平靜，很少有人主動要求發言；即便頭頭點名一定要說幾句，也都輕描淡寫、東拉西扯不著邊際。某次批判會有個老工人代表更可笑，他指責許長老不尊敬國父，「我們建築公會不就是國父命名的嗎？但許會長從不允許建築公會掛國父的畫像，不讓我們向領袖鞠躬，叫囂不可以崇拜偶像……」話沒說完被人急急打斷，領導一臉尷尬猛噴煙圈，拂袖而去。

達不到批鬥目的，有人使出高招，看你敢不降服？上面點名指派許春草當市政協特邀代表。會上的長老有如泥塑木雕，既似在認真傾聽，又好像在閉目打盹，人人頌讚政治清明，惟其不發一言。有人向他打手勢指名要發言，眼看逼急了，他搖搖頭說：「主禁止我說話。」之後每接開會通知就叫女兒寫請假條，無論什麼會一律不出席。或許全中國只有一個人，他是唯一自被「選」為代表的第一天起，到離開此職務止，未曾發過一次言。

一九五五年某日，許春草突然心血來潮悄悄燒毀大批文字資料。內有婢女救拔團的結婚證書副本、建築公會記錄、各種設計圖紙、朋友函件、兒女書信、禱告文稿、神的默示、答復印證，總計三本。未幾他家就被抄個底朝天，全國範圍的肅反運動開始了。沒搜出「變天帳」缺乏證據，令許春草得以躲過一劫。

反右鬥爭之後，革命群眾記起許春草的「劣跡」，不斷抄家亦無果，領導終於忍無可忍。市長、副市長、統戰部長、僑聯主任四人找許春草談話：「許先生長期抱病缺席各種會議，不大適宜繼續擔任政協代表，群眾要求免除您的職務，閣下有意見嗎？」許春草正求之不得，馬上回答：「好！」終於卸掉掛了多年的代表虛銜。

一九六〇年許春草安息主懷。政府嚴令禁止基督徒去給許長老送葬，大殮時沒有一個教會人員敢做主持。未幾來了幾十位婢女救拔團的姐妹。時值大飢荒，不少人從幾十里外的郊區或步行或渡船或水陸兼程而來。被許長老救下，幾年後嫁去海滄的朗飾披麻戴孝一路哭泣，與當年的院生們結隊而至。初時有人為難攔阻，女人們齊齊憤怒發聲：「女兒為自己的阿爸送葬，難道不可以？」眾姐妹擦鼻子抹眼淚，嚶嚶而泣做禱告。

小舅子張聖才身陷勞改營收不到廈門的信息。大舅子張天賜戴太陽眼鏡一身玄色西服，手捧白色菊花渡海而來，他身後跟著百人長列，佔據半條渡海輪。這些人曾經是國父命名的建築公會會員。

許長老的墓碑上只刻著簡單的幾個字：「他是耶穌基督最忠心的見證人」。

小舅子出了什麼事？上回賣了個關子，還得交待另兩次坐牢。當年張聖才在香港得到軍統指示要他去菲律賓，一九四一年三月在呂宋島設立潛伏站，任務是搞情報和製造矛盾摩擦。張的工作十分出色，獲得大量準確的日軍活動情報，因而讓盟國的美軍飛機多次炸沉日軍艦隊、船隊，為抗戰立了大功。

解放戰爭期間，張聖才厭倦了國民黨的腐敗無能，拒絕見蔣介石，反戈參加「民聯」從事地下革命活動，多次祕密掩護運送廈大教授、學生和許多地下黨同志脫險，功勞不小。當他對國民黨徹底失望時，陳公培、楊東蓴兩人及時遊說牽線。

一九四八年十月，潘漢年親自在香港摩理臣山道32號神祕約見張聖才，請做他的直接聯絡員。除了對建立新中國懷抱滿腔希望，潘漢年的學者風度亦使張聖才由衷敬仰、惺惺相惜。張聖才是全心全意投進共產黨人營壘的。他利用自己在國民黨舊部的影響和關係，成功爭取駐守泉州的國民黨325師起義，動員不少軍統及軍隊高級領導投向新政權，還利用他的特殊身分，營救、掩護共產黨不少高級幹部和愛國民主人士。

第六次因潘漢年所累坐的是共產黨的牢

建國後，張聖才與林夢飛、劉渾生按軍管會指示，組織「裕康船務行」，恢復廈門與香港的海上交通。一九五三年任省博物館副主任、省政協委員。一九五五年五月因上海「潘漢年、楊帆反革命案」的牽連被捕入獄，一九五八年八月送至將樂、建寧監視勞動。

潘漢年是中共情報戰線的一位傳奇人物，長期在敵佔區及大後方工作，其社會關係、工作環境、接觸人物均非常複雜，為了打入敵人內部開展活動，不畏生死，可謂「一隻腳在監獄裡面，一隻腳在監獄外面。」而他後半生的遭遇更令人扼腕歎息。潘漢年一九五五年被捕拖至一九六二年才審判，案子黨中央毛主席早下了定論，沒人敢說三道四，人民法院不過是黨的馴服工具。這案子被牽連進來的還有上海市公安局局長揚帆，加上饒漱石三人被定為「反革命集團」。二十世紀三十年代揚帆曾在上海做文化工作，與江青前夫唐納共事，知悉江青的歷史背景，「旗手」必置之死地而後快。尤如岳飛被害，後人指責秦檜罪在不赦，然而真正的罪魁禍首卻是宋高宗趙構。

第七次因文革坐的還是共產黨的牢

文革一來，本已塵埃落定的潘漢年案再次被政治風浪高高卷起。張聖才早被紅衛兵遊鬥無數場，一九六八年四月再度被公安機構逮捕，直至一九七五年十二月三十日方「無罪釋放」。這一回坐了近八年監牢，時間之長與抗戰不相伯仲。幸出獄後獲補還工資，恢復省政協委員、民革省委委員、民革中央團結委員名銜，一九八七年離休。晚年的老人仍熱心公益事業，鼓勵華僑回國投資，為祖國統一而呼籲，繼續為國為民作新貢獻。二〇〇二年五月二十六日，張聖才先生在廈門逝世，享年一百歲。

張聖才幸矣。潘漢年因莫須有的罪名被誣為「通敵內奸」，被判長期徒刑受盡折磨，直至去世未獲平反。受之連累的妻子董慧相繼追隨丈夫而去，夫妻雙雙死於勞改農場。董慧出生於香港富裕人家，利用父親的銀行家背景幫助中共做了很多工作，為了追求革命理想奔赴延安與潘漢年結婚。無論環境多麼險惡，董慧從未離開過潘漢年，兩夫婦生前無子女身後無親人。

三

張天賜小小的建築隊資本有限，工料通常憑信譽向原料商賒欠，收到甲方付款才還。解放後除了華僑誰有錢蓋房子？包攬的多是裝修活，為手下一班工友解決吃飯大事，下屬均是追隨多年的三行工人。國家怎麼改革對他來說沒有太大影響，一九五四年兒子恩惠已經大學畢業，當上人民教師完全自供自給，鄉下兩位長壽老人自然由天賜供奉。

一日工地來了個稀客，衣衫不整甚是狼狽，張天賜認不出來者何人。直至他開口叫聲「張先」仍帶一絲吊兒郎當，張先才看清是憨雞，他甚至記不起憨雞的高姓大名。張先離開蝴蝶舞廳後憨雞當上巡場經理，前上司心中納悶他為何沒跟老闆走。憨雞對人說歡迎新政府而留下，鬼才相信這種不務正業的二流子。

實際上憨雞列入最後一批下船名單。那晚一班人盡情狂歡，因為來日的飄泊而不安徬徨，你我互相灌醉如泥。顛三倒四的腳步，扶他歸去的是水仙，兩人姘居多年。知道男人將拋棄相好獨自東渡，她非得勒索一筆賠償不可，小子幹這行十餘年，估計一定有巨額存款。酒醉三分醒，能不折騰？水仙溫柔如蛇纏綿悱惻後要男人交出金條，憨雞一口咬定沒有，無法滿足相好的奢望，自顧自呼呼入夢。水仙生氣甩手撇下男人。酒精令憨雞忘記淩晨啟程的大事睡過了頭，當他跑到碼頭為時已晚，呼天搶地差點發瘋。

僅有的一點積蓄花完了，他必須找工作養自己。別說文不能安邦武不能定國，而立之年的混球能幹啥？求老關係來了。張工頭說，三行師傅自小學藝，當小工擔擔抬抬委屈了你。這大太陽下篩沙和泥汗流浹背，你不嫌惡就試一試。小子果然被說中，做半天吃了飯就逃之夭夭。

一九五六年初，全國範圍興起社會主義改造高潮，資本主義工商業實現全行業公私合營。國家對資本主義私股的贖買改行「定息制度」，統一規定年息五厘。生產資料由國家統一調配使用，資本家除定息外，不再以股東身分行使職權，並要在勞動中逐步改造成自食其力的勞動者。而至一九六六年九月定息年限期滿，公私合營企業最後轉變為社會主義全民所有制。

歸了公更好，張天賜的公司只有幾件不值錢的破工具，沒了負擔當個技工師傅綽綽有餘。問題是憨雞乃害群之馬，因為找不到工作而加入什麼地下特務組織，被英明的公安部門捉捕。根據他的口供，所接觸過的人都遭受懷疑，列為監督對象。人民警察乾脆逮捕曾在日台娛樂場所做過事的經理級人員，關到拘留所。

初解放拘押的「嫌疑犯」太多不管飯，通知家人送被子送飯，規定一天探訪兩次。從橋亭到新華路臨時拘留所，美淑一天來回跑四趟。不曉得夫君犯了什麼事，不敢多嘴詢問，只有將精心泡製的飯菜湯水含淚呈上。丈夫要求一本聖經遭拒絕，怕「特務」的書中有密碼傳遞。「嫌疑犯」只能閉目養神祈禱，地方小人多無法走動。後來沒有審出結果讓回家，通知街道派出所實施監督，不准離開廈門市，隨傳隨到。

日復一日，日出而作日落而息，張天賜對被監視勞動安之若素。只是教會變質已不想去，教會學校都重新整頓改為公立學校，校方領導全是黨、團員及積極分子。一九五七年的反右運動張恩惠首當其衝，並非年輕人多嘴多舌，父親一再教訓兒子：禍從口出，兒子亦非淺薄之輩。

本來那是一個美麗的時代，人民向往土豆燒牛肉、麪包加牛奶。年輕人學共產主義國家蘇聯，讀普希金、雪萊和拜倫，看擁抱接吻的電影，周末晚會男女青年相擁翩翩起舞。多麼自由、美好、幸福！一代人相信共產主義步伐一日千里，很快就要趕美超英，世界上所有不平等即將消除，展現在所有人面前的大同世界就要來臨。

相信新時代完美如詩，人與人之間只有忠誠相待，領袖的恩情重於父母，「同志」兩個字勝過兄弟，誰也不會背叛出賣誰，只有愛沒有恨。以如此真誠的信念愛一個人有錯嗎？天是那麼藍，雲是那麼白，花園裡百花盛開，夜空中星星閃爍。寫封海潮洶湧般的情書，訴說心中無限愛意，唱得像夜鶯一樣動聽。不過他終究沒有勇氣寄出去，有點情迷意亂將信夾在書中。多年前情竇初開，是情書也好，是未發表的作品也罷，今天讀完臉紅得恨無地洞可鑽，怎麼就讓人給抄出來了？

教中文的老師難免向學生推薦過某大家某文人的作品，而這些文人一旦成為右派，試問閣下居心何在？按照人數比例抓人頭，至親伯父、兄弟在台灣，不找你又找誰？兒子被解職送回惠安崇武監督勞動。

張恩惠將家眷丟在廈門返原籍。妻子亦中學教師，為擺脫丈夫的右派身分，更因為那封情書並不是寫給自己，她提出離婚。張家中請要三歲的孫女，但人民法庭裁定父親沒有能力撫養女兒，判決孩子跟母親。這才是祖父張天賜最難過的。兒子回家鄉陪祖母和姆婆，替伯父和父親盡人子之責，似是冥冥之中主的安排。母親美淑時時回崇武鄉下，十年前丈夫交予她掌家，以農村女人的智慧，惠女又喜金飾、銀鏈，值錢的東西只有她知道藏在哪。

事業鼎盛時張天賜曾捐款給村民建了一所小學，不僅福蔭鄉人也福蔭兒孫。村長說學校一向欠缺教師，張恩惠回來改造就要從服務村人做起。貧下中農子弟沒書讀怎麼接共產主義班？好好教你的書改過吧！不過這位高材生只能領取代課金，每月二十四元工資，非公職人員沒有任何福利津貼。他可不能生病，因為學校沒有藉口請人給代課人代課，生病不僅沒有工資而且要自掏腰包看醫生。虧得張家兒子身強體壯。有個女同事不嫌男人右派，不忌人家二婚，硬是愛上張恩惠，下嫁過來生下一對雙胞胎男嬰。其時神州大地餓殍相望，張家婆婆美淑仍有好飯好菜供應產婦，養的一雙孿生子可愛至極。

有一天姆婆說她看見兒子天佑，兒子已經當了爺爺，見到他們一家人圍坐吃飯，開心得笑醒過來，說給妯娌聽罷竟安然歸去。天佑母親一走，天賜母親頓時若有所失，時常精神恍惚，不久亦無疾而終。兩位曾祖母皆完成心願矣。惟天賜受管制，街政以台灣積極反攻大陸為由，不予離境[2]。男子漢望天長嘯淚如雨落。

另一邊廂。大學畢業後張恩典兼職攻讀碩士課程，先在一家小建築公司做事，取得豐富工作經驗。他勸父親賣掉基隆的老房子和船，以期在台北完成買房子、娶妻子、生孩子生活鏈，父親可與兒子、媳婦、孫子三代同堂過優裕晚年。老人家除了思念家鄉親人樣樣稱心如意，他願意天天面對基隆遼闊的大海，不想被困在城市穴居裡，更放不下一班老哥們兒。於是老人取出另一半身家：又是三條小黃魚，讓兒子在台北首置家業。他的小攤子讓給別人去做，天天跟老哥們兒打太極、練書法、釣魚蝦，不亦樂乎。

2 指居住地區而非國境。

六十年代末台灣政府推動國家基礎建設工程，張恩典跳槽進入國家政府部門，事業如日中天。當然無一日不想念父母兄弟，新中國每一場政治運動的展開，都令之驚心動魄坐立不安。每逢假節日帶妻女去看父親，一家人開車到海邊，望著一水天涯誠心禱告，祈求父神庇佑彼岸親人。爺爺告訴孫女兒，張家人的根在一個叫崇武的小鎮，那裡的一山一水永遠在爺爺和爸爸心中。

四

七十年代全球經濟衰退拖緩許多國家的經濟發展，張恩典經常陪同上司到亞太地區各國參觀訪問，出席各種會議，以確定台灣經濟轉型方向。台灣和新加坡都飛越為亞洲四小龍，均企圖加快成為亞太商業中心的步伐，彼此既是對手也存友誼。一九七七年與他們交流的乃一家私人大企業，負責接待的公關主任是位年輕貌美的華人女性，外表高貴典雅氣質非凡，一口牛津英語柔和悅耳，笑容甜美齒若編貝，給客人張恩典一種似曾相識的感覺。我早就認識她，很久很久以前……

他想起剛滿十六歲那一天，恰好是週末下午不上課。母親給大家煮的長壽麵，叫兩兄弟用筷子抽，看誰的麵條最長。每個人有一隻蛋，是自家母雞下的。父親「意思意思」一下，將蛋給妻子再分配，然後說過海去看看姑丈，孩子們稱許春草「姑丈」。乳臭未乾的小伙子三扒兩下掃完一碟麵條，抹抹嘴偷偷跟蹤父親。父在船頭子在船尾，兒子躲過曾是情報人員的老爸。

來到永春路一棟小洋房，父親摸出身上一大串鑰匙，找出一支插上鐵閘鎖眼，兒子只能止步躲在垂墜的姹紫嫣紅三角梅蔭下，眼睛緊緊盯住裡面，耳朵吸收一切動靜。

「My darling!」一個風華絕代的女人奔下樓梯，投入來人懷抱中。那女郎就跟眼前這位姑娘一模一樣，不過更年輕朝氣，更溫柔婉約。尤為令人驚訝的是，有個大約四歲的小女孩，紮著羊角辮，穿著皮鞋、長襪、短裙，沿樓梯扶手拾級慢慢而落，口中「爸爸、爸爸」嘟嘟囔囔叫個不停。

父親上前抱起小妞，吻了額頭吻腮幫子，吻了腮幫子吻嘴唇，擁入懷中搔肢癢癢，女孩笑個不住。張恩典有一絲兒妒意，父親從未如此情深款款親近兒子。然而眼球瞬間又被小姑娘吸引住，忘記來報仇騷擾的原意，體驗到一個哥哥何等深愛這個小不點——自己的親妹妹。三十年來那幅場景印在腦海深處，不時浮現出來。

客人不講英語不稱呼她Ms.Angel，而是用一遍閩南腔國語，再用一遍標準閩南話重複：「張安歌？閣下是張安歌？」

女郎將桃形眼瞪成杏形，此地從未有人如此稱呼她。「請問先生哪位？」

「張恩典，張天賜之子。」

媽媽一再嘮叨過，安歌有一對孿生長兄，名叫張恩典和張恩惠。但是他們在中國老家，怎麼可能出現在星洲？記起母親珍藏的那些發黃照片，由於經常觸摸畫面已有些模糊。影中人與對面這位男士如此相若：身材壯碩、國字形面龐、笑容燦爛、一口皓齒、天高地闊、濃黑眉眼……

兄妹怎麼可能在此處偶遇？是哥哥早有預謀，幾年來請人打聽的一清二楚。黃鶯初到馬來亞時才二十五歲，在當地膚色黧黑的女郎中出類拔萃，華人富二代追求者眾。戰爭才結束，這裡的人根本否定唐山那套封閉觀念，重新組織家庭的華僑多了去。黃鶯與父親一合作伙伴之子共偕連理，婚後產下一子。張安歌十來歲就留學英國，自小在家講閩南話，惜不懂書寫中文。

「我在三十年前就愛上一個女孩，那天我剛滿十六歲，她只有四歲。」哥哥講起琴島永春路黃家小樓，第一眼見到那小姑娘就迷上她，也完全原諒愛上女孩母親的父親。

「I love you,my brother!」淚水沿女郎粉紅的臉頰滾滾而落，兩兄妹喜極相擁而泣。開了一支波爾多葡萄酒，兄妹傾談一夜。哥哥侃侃聊起多少往事，包括少年時代在家鄉崇武的生活，重光後到廈門與父親團聚然後又分開，怎樣跟隨伯父到台灣。父親為了家人放棄出走，結果困在大陸。而今父母弟弟生死不明，雖言國內那場駭人聽聞的運動終於結束，卻依舊音訊全無。

妹妹安慰大哥，只要唐山開禁，她一定馬上去中國找父親，惟望主憐憫，賜老人福壽如泰山。哥哥矯正妹妹，應該說「福如東海，壽比南山」。妹子抹去一臉的淚水，貌若天仙的女郎笑如星燦。

在妹妹的帶領下，哥哥大方地登府拜訪黃阿姨。主人極盡地主之誼熱情款待，陪同遊覽聖淘沙島，拍攝不少兄妹與阿姨家人親密的合照。張恩典誠懇地邀請他們光臨台北環遊寶島，彼此約定盡快再會面。送機時妹妹哭著擁別，說迫不及待想見他們的父親。

第十二章　一水天涯

一

一九七七年當了二十載右派的張恩惠目送一對孿生兄弟進考場，心裡苦笑孩子們「陪太子讀書」，不想潑他們冷水偷偷長嗟短嘆。豈料放榜那日高中榜首，差點跌破眼鏡。世道真的變了，廈門大學錄取了他們兩兄弟！不久他本人也收到通知書，被摘去右派帽子，恢復名譽補發工資返回城市。早已不是做夢的年紀，感覺做夢一般。無論如何，感謝主的恩惠，他不再鄙夷父親給自己的名字，頓時感恩的淚水如泉湧出。

一家人團聚鷺島，惟老房子被人強佔十載，破落殘舊擁擠不堪，那些鳩僭鵲巢者頤指氣使，多年來以革命派自居，對屋主老夫婦怒目相向，他們當自己是監督長官，天天在執行監視壞份子的任務。所謂「壞份子」並沒有哪一層組織下正式公文，「平反」也只能是口頭說說，不需要發明令或下達公函。這便是中國式政治。終歸大團圓就好，心存感激才能看淡人生禍福，父母年紀雖大心裡清楚，好言勸慰兒孫。小哥倆暫時住校，讓父母親與祖父母兩代團聚。

改革開放不斷引進外資，一個東南亞代表團來中國進行商業活動，下榻廈門華僑大廈，先一路北上參觀，回程再與廈門市委作具體切磋，商討雙方合作事宜。代表團秘書安琪小姐（Ms.Angel）打聽一位失散三十載名叫張天賜的親人，請主辦單位人員幫忙，懇求盡快有答案。這一來忙壞了公安局和派出所，同名同姓的倒不少，籍貫惠安崇武出生於一九〇一年的只有一位，是個「戴帽」的壞分子，家住橋亭。

查閱檔案資料此君並無任何政治過失，為何定為「壞分子」就莫名其妙啦。於是僑委會主任親自上門拜訪，承認工作上的疏忽，罪魁禍首歸咎於制造和推行極左路線的林彪、「四人幫」。張天賜雖老朽腦瓜尚清楚，地富反壞右五類份子與林彪、四人幫沒一毛錢關係，矜持不語。內部監管二十載，只領取最低生活費用，連回鄉替母親送終都不給，是個什麼事？而今一語帶過算是撤銷管制。受害人一家戴上兩頂「帽子」，被這兩頂緊箍帽詛咒二十年，雖也挺過來了，可人生有幾個二十年？該笑還是該哭？老人倒是不明白，何故如此客氣？吹的哪向風？既不深究亦不予理會，飯照吃覺照睡。

更奇怪的是，那些鳩佔鵲巢者竟然灰頭土臉地捲鋪蓋走人，原來上級單位責成他們搬回原來的舊宿舍，說是歸還華僑物業。又不知唱的哪一齣，自己幾時變成華僑？街媽們組織待業青年來拆除僭建物、鏟清室外垃圾堆、打掃院內衛生，倒是一絲不苟收拾得乾乾淨淨。居委會主任不再橫眉冷對，第一次客氣地稱呼張老先生，說房子發還給您老啦。

不曉得誰出的主意，讓那些舊日的老夥計呼兒喚女來幫忙，老房子給修補、粉刷、油漆一輪。老夥計說是上頭的交代，原料、工價可向公家報銷，還不忘取笑老張走老運。兒子啟動二十年補發的工資，為數約一千五百元，買了新家具、新被褥，為各人添置新衣物，老張家總算換了新模樣。張恩惠笑曰：咱是不是託了鄧爺爺之福？父親馬上不高興，罵兒子又狂妄，多嘴多舌惹是非。可是他心裡也在搗鼓，天上掉餡餅了？

早些天居委會大媽通知張家，週日領導將陪同遠方友人來訪，務請你們全家齊人。孩子們議論紛紛，祖父全不理會，該吃吃該喝喝。倒是兒媳婦醒目，悄悄買了好茶葉、靚茶具，心想來的都是客，不能得罪人。

清早領導辛勞一周本該睡大覺的時辰，幾輛小汽車開到張家門口，所幸那些煤炭渣堆積成的垃圾山已經清理，四圍還算乾淨，否則失禮市領導失禮外國貴賓囉。張天賜在心裡偷笑，懷著等看好戲的心境，端坐在他那張籐椅上。白首老妻搬了張小凳子守在丈夫身邊。媳婦燒水端茶地忙碌，兩根柱子似的孫子互峙仿似一對門神。司機下車開門，以手遮頂護著市長，市統戰部長親自為女客人引路。

二十多年沒有出席大場合，原來領導都脫去舊幹部服，男人西裝領帶、女人西式套裝，新展展的有點新富士豪味。此時一陣和風吹來一朵雲彩，著白長裙女郎飄然而至，老眼昏花見到的是他至愛的女人。黃鶯？不，這麼年輕，歲月不能只厚待她一人！我垂垂老了耶！

「爸爸！爸爸！」三十年前的天籟之音在耳邊響起。

「我不是做夢吧？」張天賜先前懷疑眼花，現在感覺是在夢境中，日有所思夜有所夢，夢乃心所想。

「爸爸！爸爸！」女兒跪下去，匍匐在父親腳前，靠著老人雙腿泣不成聲。端詳面前的父親已不復當年英偉，昔日的挺拔腰身略顯佝僂，一頭銀絲仍舊又粗又密，連兩道濃眉都成了一對肥白臥蠶。只有那雙眼睛炯炯有神英氣依然，國字臉上闊嘴邊的皺摺增添了老者的慈祥。「我是安歌！我是恁查某囝安歌！」

父親茫然不知所措，真的，女兒的淚水滴落自己的膝蓋，溫溫溼溼地千真萬確。安歌哭夠了，移到美淑面前，顫聲叫「大母，女兒給您磕頭。」大媽牽她手起身，問你母親好嗎？安歌點點頭。美淑撫摸孩子白嫩細膩的手，重光後丈夫將家人遷回城市，她就已經原諒丈夫的外遇。瞧人家能生養出如此高貴美麗的女兒，在男人心目中是個怎樣的女神！

安歌走向下一個目標恩惠。對比兩位哥哥，一樣的高大英俊，一般的粗獷豪邁，像極黑白照片上那男子。恩典白皙斯文、西裝筆挺、充滿自信；恩惠膚色略為黯啞、顯得些微憨厚、而且有點羞怯。「二兄跟大兄同一個模子倒出來，都像少年時的老爸。」妹子做了結論。問候斟茶遞水的二嫂，再笑看兩個侄兒，拉拉他們的大手，贊歎又一代的恩典和恩惠。雖沒見過爺爺崇文、崇武，也能想像出他們年輕時的模樣。

她突然想起來什麼，打開隨身攜帶的大皮包，取出一隻小公文袋，將它交到父親手中。裡面多是大哥和自己的合影，也有媽媽和其他家人的照片，更加彌足珍貴的是台灣伯父天佑一家人的生活照。少年們慌亂起來，趕緊替爺爺、奶奶找老花眼鏡，連陪同到府上的官員們也相爭傳看。

一家人悲喜交加，張天賜一語未發老淚縱橫，雙手合十感謝神的恩寵。上帝賜予每個人多少歡樂，也給他們帶來多少悲傷，曾經付出過多少苦楚，今天補償回多少甘甜。主啊，感恩祢一直看顧我，厚待我的兒女。

「感謝領導的安排，讓我終於尋回失散三十年的親人。請諸位先行回去，恕在下與父母家人敘敘。」安歌婉轉地給自己留下空間，將外人打發走。多少體己話要說，怎能讓外人界入。

「是的，很對不起。一家人該好好聚一聚，下午再讓司機來載張小姐回酒店。告辭了！」眾人皆隨車子離去。安歌抱著爸爸，像小時候一樣，貼上去親親老人的臉頰，又哭又笑，淚水像一串串珍珠，滾滾而落。

二

安歌的到來予父親極大刺激，是悲是喜？張天賜心中激起漣漪，久久未能平息。往日嗜睡的老人有些反常，時時夜不能寐，起來院子裡走動。這座院落曾讓外人侵入，搭起兩間木板小廚房，放置淡水缸[1]、雞鴨籠、鹹菜瓮、潲水桶。院裡的花草樹木被視為「小資」象徵，沒人理會漸漸枯萎。天井樹旗杆，橫的豎的掛滿汗衫、褲叉、尿布萬國旗。男人抽菸粗言穢語，女人敞開嗓門呼兒喚女，整整十年烏煙瘴氣。突然的靜寂讓主人有些不習慣，難免想起從前種種，想著從天而降的幸

[1] 廈門的井水鹹不能吃。

福，應該找誰傾訴與誰分享。閉口沉默得太久太久了。

第二年立春才過，他對妻子說，等待三十年才盼到今天，想回崇武老家住住，看看母親和伯父母的墳。見老妻沒有及時回應，頻頻催促道，咱還是盡快啟程吧，這個家該輪到恩惠夫婦打理啦，你也老了別抓住不放。聽他的口吻，有些擔心朝令夕改，害怕事情隨時會變卦似的。

因年老體弱不能再攀高爬低吹風淋雨，男人多年來沒有收入也沒有享受退休金的權利，原來的公司解體，舊同事皆陸續下崗。美淑成為家庭的支柱，既要照顧丈夫，又要兼顧兒子、孫子，真的是難為了她。安歌淚漣漣地走了，離開前悄悄塞了個折子給大母，告訴她是大哥交託的。女兒沒與父親一起生活，卻了解他的脾性，爸爸一生照顧家人、幫助朋友，卻忽略自己。接受子女反哺本乃天經地義，但恐怕令他產生年老的悲戚。好女兒真是善解人意！

解放後取消廈門與崇武的民間水上運輸，只能依賴兩程客運巴士輾轉回鄉。相攜乘車去泉州，又轉車到崇武，破爛的公車一路晃晃盪盪，暈得混渾噩噩坐的屁股疼痛。老妻半輩子手頭還算充裕卻從不炫富，握住兒女的巨款克勤克儉如昔，路上依然自備水和吃食。乘客一歇息就下去買吃買喝，不管沿途塵土飛揚。她只需攙扶丈夫去解手。

鄉間尚未有現代通訊設備，找個孩子送信倒不難，恩惠一家未遷回廈門時，母親常來常往，與周圍村民甚是熟悉。孩子收下賞錢，歡天喜地給鄰村姑婆報信去了。天佑妹妹聽說堂兄嫂回來喜出望外，三十多年沒見哥哥的面了！這位堂兄與親生的大哥沒有分別！母親和嬸嬸走的時候哥哥不能來，這些年肯定遭了很多罪。當天即叫老伴將新收割曬乾的谷子挑去碾米廠；自己把剛磨出的麵粉過多一遍細篩。清晨退潮，叫醒孫子去灘塗抓柱子魚、捕螃蟹；讓兒媳婦摘水果、割菜蔬。滿滿當當兩大籮筐吃的叫長孫少傑壓上肩膀，自己則拎著雞鴨，就差沒騎驢子沒唱信天遊，滿面春風回娘家。

最知心是美淑，明白丈夫那些年不能回鄉的痛苦，每年清明都由媳婦兒充當代表來拜祭先人。今年兒子回來了，但他是基督徒，只能在墳地擺放鮮花。鄉下地方哪來花店？興許心有靈犀，有一年回來隨意在前院種了兩棵雞蛋花，不料已長得非常高大。才回來兩天，這夾竹桃科落葉小喬木花蕾便陸續綻放，花瓣潔白花心淡黃、香氣濃鬱沁人肺腑。還有什麼比如此端莊高雅的花卉更合適獻給前輩？

拜祖先的事由妻子和妹妹去處理，張天賜思量將墓園的牆加固起來自成一國，否則哪一天自己去了，女人們怎麼辦？恩惠從不跟自己抹泥漿，別難為他了。想了就馬上要動手，問妹妹能找個幫工嗎，你哥老了，出力的事還得靠年輕人來。再說這房子都五十年了，只能修一修湊合著住，將來年輕人有本事再拆了重建。妹妹說，就讓少傑留下來跟舅公學點手藝，以後也好混碗飯吃。將來日子過好了給舅公翻蓋新祖屋。現今政府准許個體戶做生意，有本錢有手藝都能賺錢，正好讓哥幫他一把，學好了組織一支建築隊包些小工程，許多人有了錢都蓋房子呢。好吧，只要孩子願意。少傑初中剛畢業，不是讀書的料正愁沒出路，聽了喜笑顏開住下來。兩個老人有孫輩作伴，妹妹也就住下來陪哥嫂，忙裡忙外皆大歡喜。

「我以後上天家，你不信主不能跟我上天堂，別怪我。」丈夫對美淑嘮叨。

「我跟你信教，誰來拜祖先？」妻子的回應輪到丈夫不語。

「那麼咱死了不能同穴，總不能一邊擺鮮花一邊燒紙錢？」丈夫仍然絮叨。

妻子亦不語。她想萬事有天安排，時候到了自有擔當，見一步走一步吧。遂由男人的意思，將墓園砌得美輪美奐。

村裡早就有水力發電，因為以往大厝沒住人，家中烏燈瞎火的。小青年既然住下來，張羅拉電線，買石灰、水泥及篩沙子諸事，全包下來，彷彿正式拜師傅般的，心甘情願當徒兒。吃過晚飯，丈夫悄悄問美淑，夠不夠錢給少傑買輛小摩托車？要不安歌給我的勞力士錶拿去賣。胡說！妻子生氣了。女兒下次回來怎麼辦？我能應付，你別瞎操心。

不久少傑騎上摩托車威風凜凜，村人甚是轟動，小青年們都羨慕不已。老輩人都知曉舅公曾是廈門出名的營建商，真是瘦死的駱駝比馬大。接著妹妹的外孫也來幫忙兼學本事，這位遠道而來的舅公在他們心目中分量不輕。孩子們就讀的小學本來就是舅公捐贈的，只不過以前沒有人敢公開說，現在情勢不同了。事情令張天賜始料未及，真是老懷安慰。他決定不回廈門，再發最後一分光和熱。

不知不覺老夫妻回鄉住了兩年。少傑的建築隊伍已然成立，接洽過不少事務。有日年輕人有事去古城，邀舅公一同出去走走。身為崇武人的張天賜早就期待這一天。位於東南隅的崇武古城瀕臨台灣海峽，初建於十四世紀的明洪武二十年，十六世紀曾被倭寇攻陷，後來福建總兵戚繼光於此屯兵，興修城防演武練兵，建立起一套完整的軍事制度和城防設施，清代又進行過大規模修整。而今遺留下的一段古城牆成為重點文物保護單位，是中國現存最完整的花崗岩濱海石城。

古城周長二千五百米、南北長五百米，東西寬三百米，基寬五米，牆高七米，有窩鋪二十六座，城堞及箭窗各一千三百餘，比廈門舊城大得多！東西南北四面設有城門，東西二門還築有月城。城牆上有烽火臺、瞭望臺及跑馬道。據說城內原建有館驛和演武廳，構成一套完整的軍事防禦體系。城牆內的民房均用大塊石頭建成，年湮代久依然完整。

站在最高處俯瞰海面，視線所及是一條美麗的海岸線，礁岩、海灘、貝殼、漁網，穿紅著綠的惠女，斗笠下靚麗的頭巾，風吹日曬的臉龐。他明白這裡是中國離台灣最近的區域，崇武半島直接面向台灣海峽，距離台灣僅九十七海里。站在海邊往東看，一直朝前去就是台灣島。自古有「海接東南一夜舟」之說，比喻崇武半島與台灣距離之近。伯父講過，漁民吃過晚飯開船，天亮前就能抵達台灣。

其實更近的還有馬祖、金門、烏丘，這些小島雖屬台灣卻緊貼大陸而遠離台灣。馬祖對面是福州，金門對面是廈門，從金門到廈門僅僅一個鐘的行程。更誇張的說法是，烏丘幾乎可以撐竿跳過去湄州島。鄉人道：「崇武雞啼，梧棲聽見」，梧棲乃台灣西海岸中部一座小鎮。就在一九四九年，孩子上午被阿媽叫去對面打醬油，踏上舢舨仔下午回不來。婦女挑著丈夫、兒子抓捕的海苔和魚過去賣，賣完貨只能拋夫棄子，留在解放了的廈門島。

對岸的哥，你好嗎？腿腳還利索嗎？恩典孝順你嗎？我想你們！我的大哥！我的兒子！老人有些忘情癡傻。小青年花去一整天才辦完事，想問問舅公吃點什麼，見到老人淚汪汪便不敢吭聲。隨便停在一家小館子，泊好車要了兩份油條、蚵仔糜，默默吃了打道回府。坐在摩托車後座，張天賜想起自已曾天天騎腳踏車上班，載過黃鶯送過情報，大哥也是踩著他那輛改裝的車子做採買，言語看似怕死實際上視死如歸。今日天涯海角各自一方，老淚如雨而落。

三

張天佑與張天賜份屬堂兄弟，外貌和性情完全不一樣，自小也不曾共同生活過，感情上勝卻親兄弟。年輕時弟弟英俊瀟灑、才藝過人、倜儻不群、西裝革履，有家室兒女又有艷遇。哥哥虎背狼腰、身手敏捷、沉默寡言、忠肝義膽，追隨精神領袖後不想有家累。陸軍裝板刷頭今已雪白，功夫身段顯得蹣跚。長期從事水上運輸業風裡來雨裡去，除非天文臺預告大颱風來臨，提前將船隻停泊避風港人上岸棲息，沒有一天不是渾身上下溼透。汗水和海水使老人患有關節炎，如弟弟所擔心，腿腳早已不利索，腿肌肉萎縮有點跛，一拐一拐地，上不得樓梯，不能站立太久。更尤甚者，人已變得囉囉唆唆。

兒子見父親老了，苦口婆心勸他搬遷台北，唯獨老人另有打算。他這輩子除了小時候生活上依賴母親，從不曉得如何與其他女人相處。父母曾殷切盼望娶媳婦抱孫子，養育如恩典、恩惠一般的孫子，他們為兒子相中一門親，雙方家長甚為鍾意。可是該死的兒子於下聘書那日不知所蹤，女方極生氣男家顏面全無，於是婚嫁之約黃了。不是張天佑忘記良辰吉日，而是上司突然給他們下達任務，派幾位同志去鏟除一個大漢奸。假如他開口一定有人頂上，結局就可能是一輩子不安，當天由於消息走漏身邊有同志犧牲。他情願沒有老婆也不願對戰友負疚終身。

恩典的太太斯文有禮，對丈夫溫存體貼，對鄰里笑容可掬，對老人更是左彎腰右鞠躬的。媳婦相當有潔癖，天天雙膝跪地清洗屋子每一角落，人走過的地方一再擦拭，容不得一丁點塵埃。老頭子甚至擔心：即便脫鞋子進屋，襪子會不會尚有腳臭令人不快，因而憂心忡忡。孫女也非常親近，只是習慣與其母用日語交談，爺爺根本無法加插一句，簡直成為外人。娶媳婦時在台北擺婚宴，女方家長優越的社會地位和諸多社會關係，令父親自形慚愧。兒子進入上流社交圈，為父不曉得如何應酬交際，生活在他們中間甚感拘束，無法隨心所欲放鬆自己。

來台後人事頻頻更替，當年叱吒風雲的勇士都要為口奔馳，微薄的津貼不足養家活口，有的住到南部高雄，有的搬到花蓮去，有的娶了山地女子，朋友越來越少。人人要面對現實盡力適應環境。奈何！

患風溼症的老漢腰酸背痛，喜歡喝兩口好入眠。晚間來碟鹵豬頭肉下小酒，兩杯落肚不忘提當年勇，如何在中美合作所受訓、潛入敵佔島搞情報、配合同志殺敵酋，功成後怎樣接受戴笠獎賞。得意之餘照例翻箱倒篋，拿出軍統閩南漳州組與上司、同事的合影，指著這個是誰誰那個乃某某。興奮之至來兩句：

旗正飄飄，馬正蕭蕭

槍在肩刀在腰
熱血熱血似狂潮
旗正飄飄，馬正蕭蕭
好男兒——好男兒
好男兒報國在今朝

初時有許多擁躉和鄰居參與，大家坐在一起憶念青春年華，你一句我一句亢奮不已。人皆懷念將軍死得早，否則今天不至於撤退孤島流落異鄉。重光後那些貪官污吏到處斂財胡作非為，誤國誤民簡直可恨！將軍一死他們更無顧忌，把黨國給葬送了！愁雲慘霧經常籠罩這班衰弱的老人，有誰知道他們曾經是昔日的英雄。經歷三十年離鄉背景的抑鬱，這批人漸漸地頹喪，陸續上了天堂，只剩他一人走單騎欠缺聽眾。年輕租客甚嫌其煩，人家下了工要早睡早起，誰有精神陪你？真個是：

此去征程迢迢百千里
過五關斬六將寫傳奇
縱橫歲月頂天立地
一身孤膽英豪氣

遙望家鄉尋回憶
海角有誰來陪朝夕
留寶島心在彼問自己
讀春秋懂的是真情義
……

歌罷淚如泉湧仰天長嘯。鄉間的兄弟，今世如何再「一壺濁酒喜相逢」？弟弟，大哥想你們啊！時逢炎夏，枯坐籐搖椅良久良久，淚水從腮邊滾落，溼透套頭汗衫。籐器乃有一年生日，兒子特地從山地帶來孝敬父親的。酒意慢慢上了頭，躺倒睡去。朦朧中回到崇武老家，雙親坐在廳堂上向他招手，九泉下的父母，不孝子來也。

第二日清晨，租客起床院中盥洗，見老人不像往日般打太極，大門中開躺於搖椅似未睡醒。熱心者上前搖搖老人見無反應，相信張老已騎鶴西去，急忙喊救護車，又打電話通知他台北的親人。兒子、媳婦、孫女舉家趕來基隆送爺爺最後一程，捧在張恩典手中的是直徑二十二公分高度二十八公分的「鳳金甕仔」[2]。

---

2 骨灰罈。

父親諄諄叮囑過，身後事儘量簡單，骨灰必須送去老家崇武，定要完成父親最後的心願。妹妹趕來台北，雖沒能見伯父最後一面，卻負起送他回鄉的重託。

此程安歌出差台中，先到台北會大哥家人，張恩典因喪事放長假，順道陪妹妹南下。陪妹子兼護送父親，他隨身攜帶行李中即是張天佑的骨灰。因未能在身邊照顧老爹哥哥自責至深，彷彿再親自送父親一程，方能減輕內心的愧疚。

夕陽西下，兄妹倆漫步海灘，山色清明、海面如鏡。從這裡看過去肉眼並不能瞧見大陸，但地理知識明明白白地告訴他們，太陽正往大陸方向下沉。他倆正對的彼岸就是家鄉崇武。兄妹倆並不知道，此時他們的父親就站在崇武古城牆上，遙望寶島卻無法見到自己的親生骨肉。黃昏的海岸線如詩如畫，理智也在提醒他們，金門的大炮都指向那面，那邊的飛彈也對准這裡。

骨灰由基隆啟程，坐小車到台北，再乘火車到台中，而後繼續南下高雄。從高雄搭飛機，越過南海三千公里抵新加坡。稍作歇息，由新加坡啟程飛香港，再從香港折騰到廈門。到了廈門還要搭公車去崇武。幾十載魂牽夢縈，張天佑終於回家了。台灣至崇武原本九十七海里的距離，卻要跨越國界疆域，千里迢迢繞一個大圈，歷經周折方抵家門，多麼的諷刺……

張天賜將大哥安葬在老家墓園，竣工那晚酣睡不醒，魂歸天國與哥哥作伴去了。兄弟倆已然完成各自的歷史使命，瀟灑走完人生。

張家祖屋後山墓園內相繼隆起兩座新墳，每日清晨有人到墓碑前放上滾動著露珠的雞蛋花。躺在棺木中的張天賜與哥哥張天佑各自一端，守衛著他們的父母和腳下的土地。張天賜下葬那日，黃昏漸近螺號聲嗚咽，迎風盪漾的黑紗點綴金黃色灘塗。村中不時爆響悲涼而莊嚴的炮仗，海面上火紅的夕陽徐徐隕落。少傑輩隆重埋葬了他們的舅公，也埋葬了年輕一代不曾明瞭的歷史。

跪在墳前的張恩惠不禁默思遐想：歷史真是個說不清道不明的東西，就連學貫中西的老一輩也沒能搞清楚。歷史的進程或啟自飽讀孫子兵法的強人們，他們先在黑暗的密室中運籌帷幄磨拳擦掌，後於屍骨成山的沙場上較量火拚決勝負定輸贏。芸芸眾生根本無法改變歷史，百姓身陷其間或者被歷史的車輪無情碾過，或者主動地推進它甚或將它埋葬。過去如此，現在如此，將來也許依然如此。難道這是上帝為人類安排的必然結局？真叫人無奈而哀傷。而世人皆醉我獨醒，又是件多麼痛苦的事！伯，爸，老張家的子孫當順應天命自強不息，你們安息吧！

哥哥不忍心看身邊妹妹不停啜泣，輕輕為女郎抹去一臉淚水。張安歌抓住張恩惠的大手，指著遙遠的天空哽咽：哥，你聽，我媽為咱爸送行呢！此刻女兒彷彿瞧見遠方母親綰著隱現銀絲的靚麗長髮，端坐琴房彈奏《安魂曲》。海風送來九霄雲外天籟之音：

主！請賜給他們永遠的安息，
並以永遠的光輝照耀他們。
天主！西婉的人要歌頌你；
他們要在耶路撒冷向主還願。
請垂聽我禱告！

一切生靈都要來歸於主。

二〇一七年四月四日初稿
二〇一七年五月七日定稿

鳴謝

《許春草傳》
《張聖才口述實錄》
《汪宗海人生八十年》

釀小說93　PG1850

鷺江傳奇
——民初歷史小說

作　　者　李安娜
責任編輯　盧羿珊
圖文排版　周妤靜
封面設計　葉力安

出版策劃　釀出版
製作發行　秀威資訊科技股份有限公司
114 臺北市內湖區瑞光路76巷65號1樓
電話：+886-2-2796-3638　傳真：+886-2-2796-1377
服務信箱：service@showwe.com.tw
http://www.showwe.com.tw
郵政劃撥　19563868　戶名：秀威資訊科技股份有限公司
展售門市　國家書店【松江門市】
104 臺北市中山區松江路209號1樓
電話：+886-2-2518-0207　傳真：+886-2-2518-0778
網路訂購　秀威網路書店：http://www.bodbooks.com.tw
國家網路書店：http://www.govbooks.com.tw
法律顧問　毛國樑　律師
總 經 銷　聯合發行股份有限公司
231新北市新店區寶橋路235巷6弄6號4F
電話：+886-2-2917-8022　傳真：+886-2-2915-6275

出版日期　2017年9月　BOD一版
定　　價　240元

國家圖書館出版品預行編目

鷺江傳奇：民初歷史小說 / 李安娜著. -- 一版.
-- 臺北市：釀出版, 2017.09
面； 公分. -- (釀小說；93)
BOD版
ISBN 978-986-445-218-7(平裝)

857.7 106013388

讀者回函卡

感謝您購買本書，為提升服務品質，請填妥以下資料，將讀者回函卡直接寄回或傳真本公司，收到您的寶貴意見後，我們會收藏記錄及檢討，謝謝！

如您需要了解本公司最新出版書目、購書優惠或企劃活動，歡迎您上網查詢或下載相關資料：http:// www.showwe.com.tw

您購買的書名：＿＿＿＿＿＿＿＿＿＿＿＿＿＿＿＿＿＿＿＿

出生日期：＿＿＿＿年＿＿＿＿月＿＿＿＿日

學歷：□高中 (含) 以下　□大專　□研究所 (含) 以上

職業：□製造業　□金融業　□資訊業　□軍警　□傳播業　□自由業

□服務業　□公務員　□教職　□學生　□家管　□其它＿＿＿

購書地點：□網路書店　□實體書店　□書展　□郵購　□贈閱　□其他

您從何得知本書的消息？

□網路書店　□實體書店　□網路搜尋　□電子報　□書訊　□雜誌

□傳播媒體　□親友推薦　□網站推薦　□部落格　□其他＿＿＿＿

您對本書的評價：(請填代號　1.非常滿意　2.滿意　3.尚可　4.再改進)

封面設計＿＿　版面編排＿＿　內容＿＿　文／譯筆＿＿　價格＿＿

讀完書後您覺得：

□很有收穫　□有收穫　□收穫不多　□沒收穫

對我們的建議：＿＿＿＿＿＿＿＿＿＿＿＿＿＿＿＿＿＿＿＿

＿＿＿＿＿＿＿＿＿＿＿＿＿＿＿＿＿＿＿＿＿＿＿＿

＿＿＿＿＿＿＿＿＿＿＿＿＿＿＿＿＿＿＿＿＿＿＿＿

＿＿＿＿＿＿＿＿＿＿＿＿＿＿＿＿＿＿＿＿＿＿＿＿

請貼
郵票

11466
台北市内湖區瑞光路 76 巷 65 號 1 樓
秀威資訊科技股份有限公司 收
BOD 數位出版事業部

....

（請沿線對折寄回，謝謝！）

姓　　名：＿＿＿＿＿＿＿＿　年齡：＿＿＿＿　性別：□女　□男

郵遞區號：□□□□□

地　　址：＿＿＿＿＿＿＿＿＿＿＿＿＿＿＿＿＿＿＿＿

聯絡電話：(日)＿＿＿＿＿＿＿＿＿＿　(夜)＿＿＿＿＿＿＿＿＿＿

E-mail：＿＿＿＿＿＿＿＿＿＿＿＿＿＿＿＿＿＿＿＿